Пауло Коэльо

Книги Пауло Коэльо:

Дневник мага
Алхимик
Брида
Валькирии
Мактуб
На берегу Рио-Пьедра села я и заплакала
Пятая гора
Книга воина света
Вероника решает умереть
Дьявол и сеньорита Прим
Одиннадцать минут
Заир
Ведьма из Портобелло
Победитель остаётся один
Алеф
Манускрипт, найденный в Акко
Адюльтер

Пауло Коэльо

АДЮЛЬТЕР

ЖАНРЫ
АСТ
Москва

УДК 821.134.3-31
ББК 84(7Бра)-44
К76

Оформление обложки *Екатерины Елькиной*
Перевод с португальского *Александра Богдановского*

Коэльо, Пауло

К76 Адюльтер / Пауло Коэльо; пер. с португ. А. Богдановского. — Москва : АСТ, 2014. — 349, [3] с.

ISBN 978-5-17-085702-9

Журналистке Линде 31 год, и все считают, что ее благополучию можно лишь позавидовать: она живет в Швейцарии, у нее любящие муж и дети, достойная работа. Однако Линда ощущает, что с каждым днем все глубже погружается в апатию, и больше не может притворяться счастливой.

Все меняется, когда она встречает свою школьную любовь. Якоб стал успешным политиком, и во время интервью с ним в Линде вдруг пробуждается то, чего ей так не хватало, — страсть.

УДК 821.134.3-31
ББК 84(7Бра)-44

Книга издана с разрешения
Sant Jordi Asociados, Barcelona, SPAIN
Originally published as *Adultério* by Paulo Coelho

www.paulocoelho.com
www.paulocoelhoblog.com

ISBN 978-5-17-085702-9

О Мария, без греха зачатая, моли Бога о нас,
к Тебе прибегающих. Аминь.

Отплыви на глубину и закиньте сети свои для лова.

Евангелие от Луки 5:4

Каждое утро, открывая глаза навстречу тому, что принято называть «новый день», я хочу снова зажмуриться и не подниматься с кровати. Однако — нельзя: надо жить.

Я замужем за прекрасным человеком, который до сих пор без памяти влюблен в меня. Он владелец процветающего инвестиционного фонда и вот уж много лет по версии журнала «Билан» входит в список трехсот богатейших людей Швейцарии.

У меня двое детей, которые, как выражаются мои подруги, придают смысл моему существованию. И я встаю рано утром, чтобы накормить их завтраком и отвести в школу (пять минут пешком от дома), где они проводят целый день, давая мне возможность работать и заниматься своими делами. После уроков и до нашего возвращения домой детей опекает нянька-филиппинка.

Я занимаюсь тем, что мне по вкусу. Я — журналистка, что называется, «с именем» и работаю в солидной газете, которую в Женеве, где мы живем, можно найти на каждом углу.

Раз в год всей семьей мы проводим отпуск в каких-нибудь райских местах с великолепными пляжами и «экзотическими городами», населенными бедными людьми, отчего еще острее ощущаем, что — богаты, благополучны и щедро взысканы милостями судьбы.

Да, я ведь еще не представилась. Меня зовут Линда, очень приятно познакомиться. 31 год, 175 см, 68 килограмм, и благодаря безграничной щедрости моего мужа килограммы эти облачены в самое лучшее из того, что можно купить за деньги. Мне завидуют женщины, меня вожделеют мужчины.

Тем не менее каждое утро, когда я открываю глаза и смотрю на этот идеальный мир, желанный всем, но мало кому доступный, я знаю, что начавшийся день будет для меня катастрофой. Еще в прошлом году я не задавалась никакими вопросами, а просто плыла по течению, хоть порой и испытывала вину за то, что получила больше, чем заслуживаю. Но в один прекрасный день, когда я готовила завтрак для всей семьи (помнится, в саду уже начали распускаться цветы, значит, это было весной), вдруг спросила себя: «Так это оно и есть?»

Ах, не надо, не надо было задавать себе этот вопрос. Впрочем, виноват во всем некий писатель, у которого я накануне брала интервью. В какую-то минуту он сказал:

— Я ни в малейшей степени не стремлюсь быть счастливым. Предпочитаю жить страстями, хоть это и опасно, ибо нам не дано знать, что ждет впереди.

Я тогда подумала: «Бедняга, он никогда не будет удовлетворен. И окончит жизнь в печали и горьких думах».

А наутро вдруг осознала, что в моей жизни нет ни капли риска.

И я точно знаю, что ждет меня впереди: сегодня будет в точности похоже на вчера. Страсти? Ну какие страсти — я люблю мужа, и это гарантирует, что у меня не будет депрессии от того, что приходится делить с кем-то жизнь ради материального, так сказать, благополучия, детей или для сохранения внешних приличий.

Я живу в самой безопасной стране на свете, я хорошая мать и жена, все у меня в полнейшем порядке. Воспитана была в суровых правилах протестантской морали, которые намерена привить и моим детям. Я не совершаю необдуманных или опрометчивых шагов, ибо сознаю, что это может все испортить. Все, что ни делаю — делаю с предельной эффективностью и стараюсь не вкладывать в свои дела ничего личного. Да, в юности, как и всякий нормальный человек, страдала от неразделенной любви.

Но с тех пор, как вышла замуж, время остановилось.

И так продолжалось до тех пор, пока не появился этот писатель, будь он неладен, со своим ответом. А что плохого, хотелось бы знать, в рутинном и пусть даже скучноватом существовании?

Положа руку на сердце — ничего. Если не считать...

Если не считать, что время от времени тебя охватывает ужас при мысли, что все вокруг постоянно меняется, и эти перемены застают тебя врасплох.

И с той минуты, как в чудесное утро мне в голову пришла эта гадкая мысль, я начала бояться. Чего? Сумею ли я противостоять миру в одиночку, если муж умрет? — Сумею, отвечала я себе, потому что наследства хватит на несколько поколений. А если умру я, кто будет заботиться о моих детях? — Мой обожаемый муж. А что, если он возьмет и женится во второй раз, благо богат, умен и привлекателен? В хорошие ли руки попадут мои дети?

Для начала, как видите, я попыталась ответить на все эти вопросы и тем справиться с сомнениями, не дававшими мне покоя. Но появлялись новые и новые. Что, если я постарею, а он заведет себе любовницу? Что, если он больше не любит меня, потому что теперь мы занимаемся любовью не так, как прежде? Что, если он решит, что и у меня появился кто-то — я ведь уже года три не проявляю прежнего пыла?

Мне всегда очень нравилось, что мы не терзаем друг друга ревностью, но в то весеннее утро я пришла к выводу, что объясняется это не чем иным, как отсутствием любви.

Я делала все, что было в моих силах, чтобы отделаться от этих мыслей.

Целую неделю кряду после работы я ходила на улицу Роны и покупала там себе что-нибудь. И не то чтобы уж очень хотелось, а просто для того, чтобы почувствовать: что-то изменилось. Стало нужным что-то такое, до чего раньше и дела не было. Отыскивала какой-нибудь неведомый мне прежде усовершенствованный кухонный комбайн (хотя найти новинку в этом царстве бытовой техники было нелегко). В детские магазины я старалась не заходить, чтобы не разбаловать моих сыновей чрезмерными подарками. Избегала и магазинов, где продаются товары для мужчин, чтобы моя неожиданная щедрость не показалась супругу подозрительной.

А когда возвращалась домой, в свой уютный мирок, в это зачарованное царство, то часа на три-четыре все вновь представало мне чудесным и отрадным. Потом все уходили спать. И вот тогда постепенно вступал в свои права еженощный кошмар.

Я понимаю, что страсть — удел юных, так что ее отсутствие в моей жизни — в порядке вещей. И не это повергает меня в ужас.

Сейчас, спустя несколько месяцев после того, как все началось, я разрываюсь между двумя ужасами: меня одинаково пугают и возможность перемен, и мысль о том, что до конца дней моих ничего не изменится. Я слышала от многих, что с приближением лета нам в голову начинают приходить странные, причудливые мысли, и мы чувствуем себя моложе своих лет оттого, что больше времени проводим на воздухе и по-иному представляем себе, какой мир нас окружает. Стены квартиры раздвигаются, открывая горизонт.

Может быть. Но я больше не могу спать — и не потому, что жарко. Когда наступает ночь и все скрывается во тьме, меня начинают пугать и жизнь, и смерть, и любовь, и ее отсутствие, и то невеселое обстоятельство, что всякая новинка, входя в привычку, приедается, и ощущение, что я убиваю лучшие годы жизни в этой нескончаемой рутине, и панический страх перед неизведанным, сколь бы восхитительным ни было оно, какие бы приключения ни сулило.

Ну, естественно, я пытаюсь утешиться чужим страданием.

Включаю телевизор на каком-нибудь выпуске новостей, и на меня обрушивается лавина катастроф, аварий, стихийных бедствий. Люди лишаются крова, люди спасаются бегством. Сколько их в эту самую минуту болеют? Сколькие страдают молча или вопят от несправедливости или предательства? Сколько на планете нищих, безработных, заключенных?

Переключаю канал. На несколько минут или часов отвлекаюсь сериалом или фильмом. С замиранием сердца жду, что муж проснется и спросит: «Что с тобой, моя дорогая?» А мне придется ответить, что все прекрасно. Или — еще хуже: так уже бывало раза два-три в прошлом месяце — после этого он положит руку мне на бедро, скользнет выше, начнет трогать меня. Имитировать оргазм я научилась и много раз делала это, но не могу же я увлажниться по собственному желанию?

И мне придется сказать, что я очень устала, а муж, не выказывая разочарования или досады, поцелует меня, повернется на другой бок, проглядит на своем планшете последние новости и подождет до завтра. И, может быть, завтра мне удастся заставить себя и сделать так, чтобы он устал, очень устал.

Но бывает и по-другому. Время от времени приходится самой проявлять инициативу. Я не могу отказывать ему две ночи подряд, иначе он рано или поздно начнет искать утешения на стороне, а этого я допустить не могу. И не могу потерять его. А потому мне приходится самой подготовить себя к исполнению супружеского долга, и тогда все проходит гладко.

«Проходит гладко» значит — совсем не так, как раньше, в ту пору, когда мы с ним разгадывали тайну друг друга.

Мне кажется, что после десяти лет брака ждать прежней страсти — значит заблуждаться. Но каждый раз, когда я притворяюсь, что получаю наслаждение, какая-то частица меня словно отмирает. Частица? Да нет, опустошение настигает скорей, чем я думала.

Мои приятельницы уверены, что мне повезло — ведь я лгу им, что мы часто занимаемся любовью, точно так же, как они лгут мне, говоря, что сами не знают, как это их мужья умудряются сохранять прежнее влечение. Они твердят, что секс в браке приносит наслаждение лишь первые пять лет, а потом не обойтись без толики «фантазии». Закрыть глаза и представить, что отдаешься соседу, а он вытворяет такое, на что никогда не отважился бы муж. Или — что тебя берут одновременно сосед и муж, или вообразить еще множество каких-нибудь невиданных изысков и запретных забав.

Сегодня, отводя детей в школу, я стала рассматривать соседа. Никогда прежде я не представляла себя с ним в постели: предпочитала думать о юном репортере из нашей редакции, у которого постоянно вид человека, тяжко страдающего от одиночества. Никогда не видела, чтобы он флиртовал с кем-нибудь, и именно этим он был в моих глазах привлекателен. Все наши редакционные дамы уже не по одному разу высказались в том смысле, что «не прочь приголубить бедняжку». Полагаю, ему это известно и другого не надо: вполне довольно быть предметом вожделения, и не более того. Не исключено, что он испытывает те же чувства, что и я: панически боится сделать шаг вперед и погубить все — карьеру, семью, жизнь прошлую и будущую.

И вот наконец... Сегодня утром, пока я рассматривала соседа, мне неимоверно хотелось разреветься. Он мыл машину, а у меня в голове плыли такие мысли: «Вы подумайте — вот еще один, такой же, как мой муж и я сама. Когда-нибудь мы сами станем неотличимы от него. Дети вырастут, переедут в другой город или даже в другую страну, а мы выйдем на пенсию и будем мыть машину, хотя вполне можем заплатить, чтобы это сделали за нас. Ведь в определенном возрасте так важно заниматься всякими пустяками — исключительно для того, чтобы время шло незаметно — и показывать другим, что мы еще в порядке и в добром здравии, что не позабыли, что такое деньги, и потому продолжаем смиренно выполнять посильную работу».

Миру, в сущности говоря, совершенно безразлично, чистая у тебя машина или нет. Но в то утро ничего не было для моего соседа важней этого. Он пожелал мне удачного дня, улыбнулся и вернулся к своим трудам с таким видом, словно протирал не капот и крылья, а скульптуру Родена.

Я оставляю машину на перехватывающей парковке, следуя призыву «Пользуйтесь общественным транспортом! Не загрязняйте окружающую среду!» — сажусь в автобус и по дороге на службу вижу всякий раз одни и те же картины. Женева, кажется, совсем не изменилась с моего детства: я помню эти старинные особняки, которые отстаивают свое присутствие среди зданий, понастроенных в 50-е годы каким-то безумным мэром, открывшим для себя «новую архитектуру».

Каждый раз, когда я путешествую, я чувствую, как остро не хватает мне этого. Как хочется, чтобы сгинуло ужасающее дурновкусие стеклянно-стальных громад и скоростных магистралей. Чтобы, взламывая асфальт, пробились наружу корни деревьев — пусть даже мы будем спотыкаться о них на каждом шагу. Чтобы возникли парки с таинственными круговыми площадками, на которых зарождается невиданное разнообразие трав. Одним словом, я тоскую по городу, отличному от всех прочих, приобретших современный вид и утративших свое очарование.

Там еще говорят «добрый день» встречному и совершенно незнакомому тебе человеку и «до свиданья» продавцу в магазинчике, где ты купил бутылку минеральной воды и куда ты никогда больше не вернешься. Там еще заводят разговоры с теми, кто стоит на автобусной остановке, хотя во всем мире швейцарцев считают замкнутыми и чопорными.

Как заблуждается весь остальной мир! Ну и пусть. Даже хорошо, что это так — благодаря этому мы сумеем сохранить наш стиль и жизненный уклад еще лет на пятьсот-шестьсот, пока через Альпы не хлынут к нам орды варваров-захватчиков со своим великолепным электронным оборудованием, со своими квартирами, где спальни — крохотные, а гостиные — огромны (чтобы произвести впечатление на гостей), со своими ярко накрашенными женщинами, со своими мужчинами, чересчур громогласными и бесцеремонными, со своими подростками, одетыми вызывающе, но умирающими от страха при мысли о том, что подумают папа и мама.

Так что пусть лучше все они считают, будто мы всего лишь разводим коров, делаем сыр, шоколад и часы. Пусть верят, что в Женеве банк — на каждом углу. Нам совершенно незачем менять это их представление о нас. Нам хорошо и без их варварского вторжения. Здесь все вооружены до зубов — в нашей стране всеобщая воинская повинность, и потому у каждого гражданина дома лежит автоматическая винтовка — но почти не бывает, чтобы кто-то в кого-то стрелял.

Мы живем, столетиями ничего не меняя, и живем счастливо. Мы горды тем, что сохраняли нейтралитет, когда Европа посылала своих сынов на бессмысленные войны. Нас тешит и радует, что мы не должны никому объяснять, отчего так малопривлекателен образ Женевы с ее кафе в стиле конца XIX века и прогуливающимися по ее улицам пожилыми дамами.

«Мы счастливые люди» — не вполне корректное утверждение. Ибо счастливы все, кроме той, что едет сейчас в автобусе, мучительно пытаясь понять, что же с нею не так. Кроме меня.

Очередной рабочий день — и новые попытки найти что-нибудь заслуживающее внимания, помимо обычных автомобильных аварий, грабежа (без применения оружия) и пожара (тушить его примчались десятки машин с вышколенными расчетами), которого на самом деле не было — просто дым от забытого в духовке и сгоревшего жаркого переполошил всю округу.

Очередное мельтешение по дому, удовольствие от стряпни, и семья в полном составе собирается за накрытым столом, прося Господа даровать ей хлеб насущный. Очередной вечер, когда после ужина все разбредаются по своим углам — отец помогает детям готовить уроки, мать прибирает на кухне, наводит порядок в комнатах, готовит жалованье прислуге, которая придет завтра рано утром.

За эти нескольких последних месяцев бывали минуты, когда я чувствовала себя превосходно. Считаю, что моя жизнь исполнена смысла, а не это ли цель всякого, кто живет на этом свете? Дети понимают, что у матери в душе царит мир, супруг нежен и заботлив, и весь дом словно бы испускает собственный свет. Наше счастливое семейство — идеал и образец для всего квартала, города, региона — здесь их называют кантонами — и страны.

И вот внезапно, на ровном месте, безо всякой видимой причины я запираюсь в ванной и начинаю рыдать. В ванной — чтобы никто не услышал и не задал мне вопрос, который я ненавижу больше всего на свете: «С тобой все в порядке?»

Ну, разумеется, что со мной может быть не в порядке? Кто скажет, что в моей жизни что-то не так?

Никто. Все так.

Все, кроме того, что ночью меня терзает страх.

А минувший день не принес радости.

И в голове теснятся образы счастливого прошлого и того, что могло быть да не сбылось.

А еще томит так и не утоленная жажда приключений.

И гнетет ужас от того, что не знаешь, какая судьба постигнет моих детей.

И вот мысли в голове начинают назойливо вертеться вокруг чего-то неприятного — причем всегда одного и того же — словно какой-то демон притаился настороже в углу спальни, чтобы внезапно подскочить ко мне и сказать: то, что я называла «счастьем», было всего лишь временным преходящим состоянием, которое не может длиться бесконечно. А то я без него не знаю? Знаю. Всегда знала.

Я хочу измениться. Мне нужно измениться. Сегодня на работе я накричала на стажера, который всего лишь слегка замешкался, исполняя мое поручение. Такие вспышки гнева мне несвойственны. Я — не такая, но, похоже, постепенно начинаю терять контакт с самой собой.

И глупо было бы винить в этом писателя, давшего мне интервью. Тем более что с того дня прошло уже несколько месяцев. И эта встреча всего лишь открыла жерло вулкана, из которого теперь в любую минуту может ударить пламя и извергнуться лава, сея вокруг смерть и разрушение. Не случилось бы в моей жизни писателя, этот курок спустила бы какая-нибудь книга, или фильм, или случайная встреча с полузнакомым человеком. Мне кажется, в каждом из нас и незаметно для нас самих годами, день за днем нарастает это внутреннее давление — а потом настает момент, когда от полнейшей ерунды человек теряет голову.

И говорит тогда: «Хватит. Больше не хочу».

Одни совершают самоубийство. Другие разводятся. Третьи уезжают в Африку помогать голодающим и спасать мир.

Но я-то знаю себя. И знаю, что единственной моей реакцией будет — пытаться задушить все то, что чувствую, душить до тех пор, пока рак не сожрет меня изнутри. Потому что знаю: подавление чувств часто оборачивается болезнью.

Я просыпаюсь в два часа ночи и лежу, глядя в потолок, хоть и знаю, что вставать придется спозаранку, а я это терпеть не могу. И вместо того, чтобы настроить мысли на продуктивный лад, попытаться разобраться, что же все-таки со мной происходит, я просто не могу смирить эти вихри в голове. Вот уже несколько дней — по счастью, не очень много — я спрашиваю себя, не пора ли мне обратиться к психиатру, не лечь ли в клинику, потому что сама справиться не в силах. И удерживает меня от этого не служба и не муж, а дети. Они ни в коем случае не должны догадываться о том, что со мной.

И все это нарастает. Я снова думаю о браке — о своем браке, разумеется, — в котором ревность не примешивается ни к каким ссорам. Но у нас, женщин, есть шестое чувство. Быть может, муж нашел другую, и я подсознательно ощущаю это. Хотя у меня нет ни малейших оснований подозревать его в неверности.

Разве это не абсурд? Может быть, из всего множества мужчин, сколько ни есть их на свете, я выбрала того единственного, кто достоин считаться идеалом и совершенством? Он капли в рот не берет, он не ходит по вечерам общаться с приятелями. Он всецело посвящает себя семье.

Это не жизнь, а волшебный сон! А, может быть, не волшебный, а кошмарный? Потому что на меня ложится неимоверная ответственность — этому же надо соответствовать!

Тут я понимаю, что вычитанные в книгах, призванных внушить нам уверенность в себе и подготовить к жизни, слова «оптимизм» и «надежда» — не больше чем слова. Придумавшие их мудрецы хотели, должно быть, понять, что они значат, а нас использовали как подопытных морских свинок, наблюдая, как мы будем реагировать на такой раздражитель.

И по правде говоря, я устала от жизни счастливой и благополучной. А это может быть симптомом душевной болезни.

С этой мыслью я наконец засыпаю. Кто знает — может быть, со мной что-нибудь серьезное?

Обедаю с подругой.

Она предложила встретиться в японском ресторане, о котором я никогда прежде не слышала, что странно, учитывая мою любовь к японской кухне. Расхвалила это заведение, и я согласилась, хотя оно находится довольно далеко от моей редакции.

Добраться оказалось нелегко. Пришлось ехать на двух автобусах с пересадкой, а потом еще расспрашивать прохожих, где находится галерея с «замечательным рестораном». Нашла — и поначалу пришла в ужас от убожества обстановки, от бумажных скатертей на столиках и от отсутствия вида из окон. Однако подруга оказалась права. Кормили здесь, как, пожалуй, нигде в Женеве.

— Я всегда раньше обедала в одном и том же ресторане, — говорит она. — Там было пристойно, хоть и не более того. Потом мой приятель, который работает в диппредставительстве Японии, привел меня сюда. И в первую минуту я ужаснулась точно так же, как ты. Но вся разница в том, что и владеют заведением, и работают в нем одни и те же люди.

А я всегда хожу в одни и те же рестораны и заказываю одни и те же блюда, подумалось мне. Даже тут я не осмеливаюсь рискнуть.

Моя подруга принимает антидепрессанты. И меньше всего на свете мне хочется разговаривать с ней на эту тему, потому что сегодня я пришла к выводу, что нахожусь в одном шаге от болезни, а признать это не желаю.

И именно потому, что я сказала себе, что обсуждать это — последнее, чего бы я хотела, я немедленно завожу об этом речь. Чужая беда неизменно облегчает собственное страдание.

Я спрашиваю, как она себя чувствует.

— Гораздо лучше. Хотя лекарства действуют не сразу, они постепенно возвращают интерес к жизни, и все вокруг снова обретает вкус и цвет.

А, может быть, думаю я, страдание превратилось в источник дохода для фармацевтической промышленности? Тебе грустно? Проглоти таблетку — и все пройдет.

Осторожно, обиняками стараюсь выяснить, не хочет ли она вместе со мной поработать над большой статьей о депрессии?

— Да нет, не стоит, пожалуй. В наше время люди вываливают все, что чувствуют, в интернет.

И что же там обсуждается?

— Лекарства и побочные эффекты. Никого не интересуют чужие симптомы, потому что люди внушаемы. И внезапно начинают чувствовать такое, чего не чувствовали прежде.

И все?

— Еще упражнения по медитации. Но я не верю, что от них есть польза. Я перепробовала все, но улучшение наступило, когда решилась признать, что у меня есть проблема.

А разве сознание того, что ты не один мучаешься, совсем не помогает? Разве обсуждение того, что чувствуешь, находясь в депрессии, не будет полезно всем?

— Нисколько. Тому, кто вырвался из ада, нет никакого дела до тех, кто остался там.

Почему же она провела столько времени в таком положении?

— Потому что не верила, что у меня депрессия. И когда обсуждала это с тобой или другими подружками, все вы в один голос твердили, что это полная ерунда и что у людей с настоящими неприятностями нет времени впадать в депрессию.

Да, я в самом деле так считала и говорила.

Но я продолжаю настаивать на своем: статья в газете или блог может помочь человеку справиться с болезнью, оказать ему поддержку. И раз уж я не в депрессии и даже не знаю, что это такое — эту фразу я произношу с нажимом, — почему бы ей не просветить меня хоть немного?

Она колеблется. Но все же чутьем близкой подруги, должно быть, догадывается о чем-то.

— Это — как попасть в капкан. Ты знаешь, что схвачен, но ничего не можешь сделать...

Мои слова! Именно так я думала и чувствовала всего несколько дней назад.

Она перечисляет все признаки, общие для тех, кто уже побывал в «аду». Нежелание вставать по утрам. Геркулесовы усилия, которых требует выполнение простейших задач. Чувство вины за то, что пребываешь в таком подавленном и угнетенном состоянии, для которого у тебя нет ни малейших оснований, меж тем как столько людей в мире страдает по-настоящему.

Я стараюсь сосредоточиться на превосходной еде, которая, впрочем, сейчас почему-то уже начинает терять вкус. Подруга продолжает:

— Безразличие ко всему. Апатия. Приходится притворяться — что тебе весело, что тебе грустно, что ты кончила, что ты хорошо спала. Притворяться, что жива. Так идет до тех пор, пока ты не сознаешь, есть некая красная линия, и если переступишь ее — назад возврата не будет. И тогда ты перестаешь жаловаться, ведь это значит, что ты по крайней мере борешься против чего-то. Ты примиряешься с участью растения и хочешь только одного — спрятаться от всего мира. А это — дело очень нелегкое.

А что же вызвало у нее депрессию?

— Можно сказать, она началась на ровном месте. Но откуда такой интерес? Ты что — неважно себя чувствуешь?

Да нет, конечно! Я — в полном порядке.

Благоразумней сменить тему.

И мы говорим о политике, у которого я через два дня буду брать интервью. Это мой одноклассник, и когда-то у нас был с ним детский роман, а теперь он, наверно, уже не помнит, как мы с ним целовались, как он гладил мои едва сформировавшиеся груди.

Подруга в восторге. А я всего лишь стараюсь ни о чем не думать — говорю и двигаюсь как на автопилоте.

Безразличие ко всему. Этой стадии я еще не достигла, еще жалуюсь и недоумеваю, но легко представить, что пройдет совсем немного времени — это вопрос месяцев, дней или часов — и на меня навалится полнейшая потеря интереса к чему бы то ни было, а вернуть его будет очень и очень непросто.

Мне чудится, что моя душа медленно покидает телесную оболочку и устремляется неведомо куда —

в какое-то безопасное место, где ей не придется выносить меня и мои ночные страхи. И еще чудится, что я — не здесь, не в этом японском ресторане, где такая убогая обстановка и такая прекрасная кухня — а смотрю сцену из какого-то фильма, не имея желания (или возможности?) принять в ней участие.

Просыпаюсь и совершаю всегдашний ритуал — чищу зубы, собираюсь на работу, иду будить детей, готовлю завтрак, улыбаюсь и говорю, что жизнь прекрасна. Но ежеминутно и при каждом движении ощущаю какую-то тяжесть, которую не могу определить словами, подобно тому, как зверь, попавший в капкан, не может понять, как это произошло.

Еда безвкусна, улыбка (чтобы никто ничего не заподозрил) — все шире, желание заплакать преодолено, а свет кажется пепельно-серым.

Вчерашний разговор не пошел мне на пользу: я ощущаю, что перестаю барахтаться и недоумевать и медленно, но неуклонно движусь к апатии.

Неужели никто и впрямь не замечает, что со мной творится?

Конечно нет. Никому и в голову не может прийти, что такой человек, как я — я! — может нуждаться в помощи.

Да, это серьезно, и в этом-то все дело: извержение произошло, и никакими силами не вернуть раскаленную лаву назад, в жерло вулкана, не посадить деревья, не засеять травой луг, не пустить на него овечек.

Я не заслужила такого. Я всегда старалась соответствовать ожиданиям — всех и каждого. Но вот это случилось, а я не ничего не могу сделать, разве что глотать таблетки. Быть может, под тем предлогом, что хочу написать статью о психиатрии и социальном страховании (начальство обожает такое), найду хорошего психиатра и попрошу помощи у него, хоть это и неэтично. Но на свете далеко не все этично.

У меня нет никаких увлечений, которые занимали бы меня и отвлекали. Мне наплевать на диету. Или на манию чистоты и порядка, из-за которой всегда можно было бы найти огрехи у прислуги: та приходит в восемь и уходит в пять, стирает и гладит, прибирает в доме и время от времени делает покупки в супермаркете. Я не имею права вымещать свои горькие разочарования на детях, тщась сделаться некоей супермамой, потому что иначе они сохранят на меня обиду до конца дней своих.

Я выхожу из дому и снова встречаю соседа, полирующего свой автомобиль. Позвольте, но ведь он занимался этим вчера?

И не в силах совладать с собой, я подхожу ближе и спрашиваю, зачем он это делает.

— Остались кое-какие недочеты, — отвечает он, предварительно поздоровавшись, справившись, как поживает мое семейство, и похвалив мое платье.

Я смотрю на машину: это «Ауди» (Женеву вообще называют «Аудиленд»). Мне кажется, она вылизана до блеска. Но сосед указывает на крошечный участок, который блестит все же не так, как должно.

Меняя тему, спрашиваю, чего, по его мнению, хотят люди от жизни? К чему стремятся?

— Ну, это же проще простого. Оплатить свои счета. Купить дом — такой, как у вас или у меня. Разбить перед ним сад, посадить там деревья. По воскресеньям устраивать обеды с детьми и внуками. Выйдя на пенсию, путешествовать по свету.

И это все? И больше ничего? Значит, в самом деле в нашем мире что-то неладно, и дело тут не в войнах где-то в Азии или на Ближнем Востоке.

Перед тем как появиться в редакции, мне предстоит взять интервью у Якоба — того самого одноклассника, в которого я была когда-то влюблена. Но и это меня нисколько не радует — да, похоже, я все-таки неуклонно теряю интерес к жизни.

Я слушаю то, о чем не спрашивала — что-то про социальные программы правительства. Задаю коварные вопросы, от которых Якоб очень элегантно уклоняется. Он на год моложе меня: значит, сейчас ему тридцать, хоть по виду можно дать лет на пять больше. Этим наблюдением я с ним не делюсь.

Да, конечно, я рада была его увидеть, хотя он до сих пор не спросил меня, как я жила после того, как мы получили аттестаты и каждый двинулся своим путем. Якоб сосредоточен на себе, на своей карьере, на своей будущности, я же, как дура, уставилась в прошлое, словно так и осталась подростком с брекетами на зубах, что, впрочем, не мешало другим девчонкам завидовать мне.

Немного спустя я перестаю слушать его и включаю автопилот. Маршрут прежний, всегдашний и неизменный — как урезать налоги, как уменьшить преступность, как сократить приток французов, которые отбивают рабочие места у коренных граждан. Год приходит и год уходит, а темы для разговора всегда одни и те же, потому что проблемы никуда не деваются, а решать их никто не хочет.

Минут через двадцать я начинаю спрашивать себя: а вот это полное отсутствие интереса ко всему на свете — не следствие ли того, что со мной происходит в последнее время? Вовсе нет. Ибо нет ничего более тягостного, чем интервьюировать политика. Гораздо лучше было, если бы редактор заказал мне статью о каком-нибудь громком преступлении. Убийцы — несравненно живее и искреннее, они, как бы это сказать... более настоящие, что ли.

А уж по сравнению с избранниками народа из других стран наши политики — самые пресные, самые скучные. Никто не знает подробностей их личной жизни. И скандалы происходят только по двум поводам — либо коррупция, либо наркотики. Но если уж всплывает нечто неприглядное, то газеты шум поднимают до небес — и прежде всего потому, что больше писать им не о чем.

Да кому какое дело, есть ли у них любовницы, ходят ли они к проституткам или тяготеют к однополой любви? Да никому. Лишь бы делали то, ради чего их выбрали, лишь бы не расхищали казну, и жили бы мы все мирно. Прочее неважно.

Президент страны сменяется каждый год (я не оговорилась — каждый год!) и избирается не народом, а Федеральным советом, состоящим из семи министров и управляющим страной. Но зато всякий раз, как я прохожу мимо Музея изящных искусств, я вижу призывы принять участие в очередном плебисците.

Народным волеизъявлением здесь решается все — в какой цвет красить мусорные баки (я выбрала черный), можно ли носить оружие (подавляющее большинство одобрило, так что Швейцария сейчас держит первенство по количеству стволов на душу населения), сколько минаретов может быть построено во всей стране (четыре), предоставлять ли убежище изгнанникам (я не участвовала, но, кажется, по итогам референдума был принят и уже действует закон).

— Господин Якоб Кёниг...

Один раз нас уже прервали. Тогда он, проявив большой такт, деликатно попросил секретаршу немного отсрочить заранее назначенную встречу. А мне пояснил, что моя газета — самая влиятельная во всей франкофонной Швейцарии и интервью окажется полезным для будущих выборов.

Он притворяется, что убеждает меня, а я — что поверила.

Впрочем, я довольна беседой. Встаю, благодарю и говорю, что получила от него все, что мне было нужно.

— Неужели все?

Разумеется, нет. Но язык не поворачивается сказать, чего именно не хватает.

— Может быть, мы встретимся, когда выйдет интервью?

Отвечаю, что должна забирать детей из школы. Надеюсь, он заметил мое обручальное кольцо и сказал себе: «Что было, то сплыло».

— Понятно, а если пообедаем как-нибудь на днях?

Соглашаюсь. Мне легко и просто удается обмануть самое себя и сказать себе: а вдруг у него и вправду есть что-нибудь важное и он сообщит мне некую государственную тайну, нечто такое, что изменит политику страны, а главного редактора заставит взглянуть на меня другими глазами?

Тут он подходит к двери и запирает ее, потом возвращается и целует меня. Я отвечаю, потому что в последний раз мы целовались с ним тысячу лет назад. Якоб, которого я, быть может, могла бы полюбить тогда, ныне — человек женатый, семейный. Жена его, кажется, где-то преподает. Да и я тоже — мать семейства, замужняя дама, а мой избранник, хоть и богатый наследник, но отнюдь не бездельник.

Я думаю — оттолкнуть его, сказать, что мы уже не дети, но не делаю этого, потому что мне нравятся новые ощущения. Не успела я обнаружить новый японский ресторан, как вот уже делаю нечто неправильное и запретное. Нарушаю правила. И ничего — мир не перевернулся. Давно уже не испытывала я такого блаженства.

И с каждым мгновением я чувствую себя все лучше — делаюсь свободней, отважней. Я делаю теперь то, о чем мечтала всегда, еще со школьных времен.

Опустившись на колени, я расстегиваю молнию на его брюках и начинаю сеанс орального секса. Якоб, держа меня за волосы, задает ритм. Разрядка наступает меньше чем через минуту.

— Как хорошо...

Я не отвечаю. По правде говоря, если и было хорошо, то скорее мне, чем ему, поскольку он кончил слишком рано.

После того как я согрешила, меня охватил страх — а что если совершенное как-то проявится?

По дороге в редакцию покупаю щетку и зубную пасту. Каждые полчаса хожу в туалет и внимательно рассматриваю себя в зеркале, не осталось ли следов на лице или на моей блузке от Версаче, украшенной кружевами, которые словно специально созданы, чтобы пятна были особенно заметны. Краем глаза время от времени смотрю на коллег, но никто из них (даже коллеги женского пола, обладающие специальным радаром, ловящим такие вещи) ничего вроде бы не заметил.

Почему так вышло? Кажется, мой мимолетный партнер подчинил меня своей воле и навязал мне эту механическую процедуру, где не было ни капли чувственности. Может быть, я сделала это, желая продемонстрировать Якобу, что он имеет дело с женщиной независимой, свободной, сама-себе-хозяйкой? Или чтобы произвести на него впечатление? Или в попытке убежать из того ада, о котором говорила моя подруга?

Все пойдет по-прежнему. Я — не на развилке дорог. Я знаю, куда идти, и надеюсь, что с течением времени сумею выбрать такое направление для моей семьи, чтобы в конце концов не сделать вывод, будто в мытье машины есть нечто чрезвычайное. Большие перемены происходят только со временем, а времени у меня в избытке.

По крайней мере, надеюсь, что в избытке.

Дома я стараюсь не выглядеть ни радостной, ни печальной. Но это мгновенно привлекает внимание детей:

— Мамочка, ты сегодня какая-то особенная.

Меня так и тянет ответить: нет, я такая же, как всегда, просто совершила то, чего не должна была совершать, но, тем не менее, не раскаиваюсь в этом ни секунды. И вины не ощущаю. И боюсь только одного — как бы не открылось мое прегрешение.

Появляется муж и со всегдашним поцелуем осведомляется, удачно ли прошел день и что у нас сегодня будет к ужину. Мои ответы известны ему наперед и привычны. Если он не заметит перемен в каждодневном ритуале, едва ли ему придет в голову, что несколько часов назад я, попросту говоря, отсосала одному политику.

И это, сколько помнится, не доставило мне ни малейшего удовольствия. Зато сейчас меня снедает безумное желание: я остро нуждаюсь в том, чтобы мужчина истерзал меня поцелуями, придавил мое тело своим, даруя смешанное с болью наслаждение.

* * *

Когда мы поднимаемся в спальню, я еще яснее чувствую, что возбуждена до крайности и схожу с ума от вожделения. Мне не терпится предаться любви, но я должна сдерживаться, обуздывать себя, чтобы муж ничего не заподозрил.

Приняв душ, я ложусь рядом с мужем, вынимаю у него из рук планшет, кладу на прикроватный столик. Начинаю ласкать его грудь и очень скоро добиваюсь нужного результата. У нас давно не было ничего подобного. Когда я начинаю стонать чуть громче обычного, муж просит контролировать себя, чтобы не услышали дети, но я довольно резко заявляю, что это мое право — выражать, что чувствую и так, как хочу.

Меня накрывает нескончаемая череда оргазмов. Боже, как я люблю этого человека! Мы наконец отрываемся друг от друга в изнеможении и мокрые от пота, и я снова иду в ванную. Муж отправляется следом и, шаля, направляет струю душа мне между ног. Прошу прекратить — я устала, пора спать, а потому он не должен больше заводить меня.

Пока мы вытираем друг друга, я — в отчаянной попытке изменить, чего бы это ни стоило, мой взгляд на мир — прошу, чтобы он сводил меня в ночной клуб. И, кажется, в этот миг он смутно сознает — что-то теперь не так, как прежде, а иначе.

— Завтра?

Завтра я не могу, у меня занятия йогой.

— Раз уж ты упомянула это, можно, я спрошу тебя напрямик?

Сердце у меня замирает. А он продолжает:

— Зачем тебе йога? Ты — такая спокойная, умиротворенная, всегда в ладу с собой и отлично знаешь, чего хочешь... Тебе не кажется, что ты попусту теряешь время?

Сердце обретает прежний ритм. Не отвечаю. Просто глажу мужа по щеке.

* * *

Падаю в постель, закрываю глаза и, прежде чем провалиться в сон, думаю: наверно, я прохожу через кризис, типичный для каждой, кто так давно замужем. Я пройду — и все пройдет.

Не всякий нуждается в круглосуточном счастье. Тем паче, что никто и не может достигнуть этого. Надо научиться как-то уживаться с действительностью.

Милая моя депрессия, не приближайся. Не будь назойливой. Плетись за теми, у кого больше оснований, чем у меня, глядеть на тебя в зеркало и бормотать: «Как никчемна моя жизнь». Хочешь ты или не хочешь, но я знаю, как совладать с тобой.

Депрессия, ты зря теряешь время со мной.

Свидание с Якобом Кёнигом происходит в точности так, как я представляла. Мы отправились в «Перль дю Лак», дорогой ресторан на берегу озера — некогда превосходный, а ныне перешедший в ведение городских властей. Цены остались запредельными, а кормят отвратительно. Я могла бы удивить Якоба японским рестораном, который недавно открыла для себя, но знаю, что он в этом случае решил бы, что у меня дурной вкус. Есть люди, для которых антураж и обстановка важнее кухни.

И теперь вижу, что рассудила верно. Он желает выглядеть в моих глазах знатоком вин, оценивает выдержку, букет и «слезу» — тот чуть маслянистый след, что стекает по стенке бокала. Он хочет показать мне, что вырос, выучился, преуспел в жизни и теперь в совершенстве знает мир, вина, политику, женщин — и былых возлюбленных.

Какая глупость! Мы пьем вино с колыбели и до могилы. И умеем отличать хорошее от скверного, вот и все.

Но все мужчины, которые встречались мне до замужества — и считали себя людьми образованными — воспринимали выбор вина как момент своей единоличной славы. И все делали одно и то же: с чрезвычайно сосредоточенным и самоуглубленным видом нюхали пробку, читали этикетку, пробовали ту малость, которую официант наливал на донышко их бокала, потом слегка покручивали его в руке, смотрели на свет, вдыхали аромат, медленно пригубливали, глотали и, наконец, одобрительно кивали.

Понаблюдав бессчетное множество раз эти сцены, я решила сменить круг общения и стала проводить время с так называемыми «ботаниками». В отличие от гурманов, людей предсказуемых и неестественных, они были безыскусны и не прилагали ни малейших усилий, чтобы произвести на меня впечатление. Однако я не понимала ни слова из того, что они говорили. К примеру, считали, что слово «Интел» должно быть мне знакомо, поскольку значится на всех компьютерах. А я как-то никогда не обращала на это внимания.

Ботаники добились того, что я стала чувствовать себя абсолютной невеждой, лишенной вдобавок хоть капли привлекательности, поскольку ползанье по сайтам они явно предпочитали моей груди и ногам. И в конце концов я вернулась под надежную сень знатоков. И в конце концов повстречала человека, который не пытался ни поразить меня утонченным вкусом, ни выставить полной идиоткой разговорами о таинственных планетах, хоббитах и компьютерных программах, умеющих скрывать следы пребывания на той или иной страничке. И вот после нескольких месяцев ухаживания (за это время мы побывали в ста двадцати, по крайней мере, деревнях вокруг Женевского озера) он предложил мне руку и сердце.

Я немедленно согласилась.

Сейчас я спрашиваю Якоба, знает ли он какой-нибудь клуб — я уже много лет не наблюдала ночную жизнь Женевы («ночная жизнь» — это, разумеется, всего лишь фигура речи) и сейчас мне ужасно захотелось выпить и потанцевать. Его глаза вспыхивают.

— У меня нет на это времени. Твое приглашение — честь для меня, но я мало того что женат, но и не могу появиться на людях с журналисткой. Пойдут слухи, что ее сведения...

Тенденциозны.

— ...Да, тенденциозны.

Я решаю отложить пока что эту игру в обольщение, неизменно забавляющую меня. Я ничего не теряю. Я знаю все дороги и развилки, все ловушки и капканы. Знаю и цели.

Прошу его рассказать о себе. О том, что называется «личной жизнью». В конце концов, я ведь здесь — не по работе. Я — женщина и к тому же была в него влюблена в ранней юности.

Слово «женщина» произношу с нажимом.

— А у меня нет никакой личной жизни, — отвечает он. — К сожалению, не могу себе это позволить. Карьера, которую я выбрал, превратила меня в робота. Каждый мой шаг, каждое слово отслеживается, фиксируется, публикуется, комментируется.

Это уже хуже, но такой ответ обезоруживает меня. Я не сомневаюсь, что он, так сказать, знает местность, то есть отчетливо представляет, на какую почву вступает и как далеко может зайти со мной. Он уже дал понять, что «несчастлив в браке» — как поступают все зрелые мужчины, предварительно попробовав вино и с немыслимыми подробностями расписав свое могущество и влиятельность.

— В последние два года было несколько месяцев радости, был ответ на брошенный вызов, но все прочее время я цепляюсь за должность и стараюсь угодить всем, чтобы быть перевыбранным. И поневоле приходится позабыть обо всем, что доставляет удовольствие, — вот, например, о том, чтобы потанцевать с тобой на этой неделе. Или несколько часов кряду сидеть и слушать музыку и курить или сделать еще что-нибудь, что другие сочтут неподобающим.

Какое у него, однако, самомнение! Да никому и дела нет до его личной жизни.

— Наверно, скоро будет возвращение Сатурна. Каждые двадцать девять лет эта планета возвращается на то место, где она была в день нашего рождения.

Возвращение Сатурна?

Он уже спохватился, что сказал больше, чем надо, и предлагает вернуться к нашим трудам.

Нет. Мое возвращение Сатурна уже произошло, и я должна точно знать, что это значит. И Якоб дает мне урок астрологии: Сатурну требуется двадцать девять лет, чтобы вернуться туда, где он находился в день нашего рождения, повторяет он. Пока это не случилось, мы считаем, что все возможно и нам по силам, что мечты станут явью, а окружающие нас стены еще падут. Когда Сатурн завершает цикл, романтизм исчезает. Выбор становится решающим, а смена курса — практически невозможной.

— Я, конечно, не специалистка в этом... Но мой ближайший шанс выпадет, когда мне исполнится пятьдесят восемь лет и Сатурн вернется вновь. Зачем же ты пригласил мне пообедать, если Сатурн говорит — иного пути тебе не выбрать? И мы разговариваем уже почти целый час.

— Ты счастлива?

Что-что?

— Я заметил что-то у тебя в глазах... какую-то печаль, необъяснимую для такой красивой, благополучной во всех отношениях женщины. Я словно бы заметил отражение своих собственных глаз. Повторяю вопрос: ты счастлива?

В той стране, где я родилась, выросла и сейчас ращу своих детей, *никто* не задает подобных вопросов. Счастье не измеришь самыми точными инструментами, не вынесешь на референдум, не отдашь на анализ экспертам. Здесь не спрашивают даже, на автомобиле какой марки ездит твой собеседник, чего уж говорить о такой деликатной и неподдающейся определению материи?

— Можешь не отвечать. Твое молчание достаточно красноречиво.

Нет, не достаточно. Да и вообще это не ответ. Молчание обозначает всего лишь удивление и растерянность.

— Я — не счастлив, — говорит он. — У меня есть все, о чем мечтают люди, но я — не счастлив.

Может быть, в систему городского водоснабжения попала какая-нибудь гадость? Может быть, кто-то хочет уничтожить мою страну химическим оружием, которое повергает всех и каждого в глубочайшее уныние? Ведь не может же такого быть, чтобы все, с кем я разговариваю, испытывали одинаковые чувства тоски и разочарования?

До сих пор я не сказала ничего. Но у неприкаянных душ есть такое невероятное свойство — способность узнавать подобных себе и сближаться с ними, умножая собственные горести.

Как же я сразу не поняла? Почему скользила по поверхности его глубокомыслия, когда он рассуждал о политике, или педантизма — когда пробовал вино?

Возвращение Сатурна. Отсутствие счастья. Вот уж чего не ожидала услышать от Якоба Кёнига.

И вот, в этот самый миг — я как раз взглянула на часы: 13:55 — я снова влюбилась в него. Никто, даже мой замечательный муж, никогда не спрашивал меня, счастлива ли я. Разве что в детстве родители или бабушка с дедушкой время от времени интересовались, хорошо ли мне — и все на этом.

— Мы еще увидимся с тобой?

Я смотрю вперед и вижу не того подростка, некогда делившего со мной первую влюбленность, а — пропасть, к которой неуклонно приближаюсь по своей воле, пропасть, куда свалюсь неминуемо. В долю секунды проносится в голове мысль, что бессонница отныне станет еще более мучительной, ведь теперь появилась определенная причина для нее — то, что называется «кружение сердца».

Красные огоньки «тревога» — все, сколько ни есть их в моем сознании и в бессознательном — начинают пульсировать.

Но я говорю себе: ты просто дура, пойми, что он всего лишь хочет переспать с тобой. А до того, счастлива ты или нет, ему очень мало дела.

И тогда с какой-то самоубийственной решимостью я соглашаюсь. Как знать — а вдруг роман с человеком, который тысячу лет назад, когда мы были подростками, коснулся моей груди, пойдет на пользу моему замужеству, подобно тому, как сеанс орального секса утром привел к нескончаемой череде оргазмов ночью?

Я пытаюсь вернуться к теме Сатурна, но Якоб уже попросил принести счет и сейчас говорит по мобильному, сообщая, что немного задержится.

— Предложи ему кофе и воду.

Спрашиваю, с кем он говорил, и он отвечает — с женой. Директор крупной фармацевтической фирмы попросил о встрече и, вероятно, предложит субсидировать его избирательную кампанию. Выборы уже на носу.

Я снова вспоминаю — он женат. И несчастлив. И не может жить так, как ему хочется. В противном случае мгновенно поползут слухи о нем и о его жене — оба они на виду, чтобы не сказать — «на мушке». Я должна забыть вспышку, ослепившую меня в 13:55, и усвоить, что он всего лишь хочет поразвлечься.

И теперь, когда все стало на свои места, меня его намерение не огорчает. Мне тоже нужно затащить кого-нибудь в постель.

* * *

Мы стоим на тротуаре у входа в ресторан. Якоб озирается по сторонам, словно боится, что мы с ним можем навлечь подозрения. Убедившись, что никто не следит за нами, закуривает.

Ах, вот чего он опасался! Что увидят его с сигаретой.

— Ты, наверно, помнишь — я подавал самые большие надежды в нашем классе. И мне пришлось доказывать, что надежды эти не были несбыточны, потому что все мы отчаянно нуждались в любви и одобрении. И я от многого отказывался, многим поступался ради занятий и ради того, чтобы не обмануть ожиданий окружающих. И я окончил школу с высшими баллами. Кстати, ты не помнишь, почему оборвался наш детский роман?

Ну, если он не помнит, так уж я — тем более. В памяти осталось только, что в ту пору все соблазняли всех, и в результате никто ни с кем не остался.

— Я окончил университет, был назначен общественным адвокатом и благодаря этому повидал немало — злодеев и невинных, негодяев и порядочных людей. И то, что казалось временным занятием, повлияло на выбор жизненного призвания: я понял, что могу помогать людям. Список клиентов рос, и вместе с ним росла моя известность. Отец настаивал, что я уже вполне могу бросить это и поступить на службу в адвокатское бюро, возглавляемое его другом. Но от каждого нового выигранного дела я преисполнялся все большим воодушевлением. И понимал, что многие законы безнадежно устарели и не соответствуют требованиям времени. И что пора менять многое в управлении городом.

Все это было в его официальной биографии, но из его собственных уст воспринималось иначе.

— И вот в какой-то момент я понял, что могу баллотироваться в депутаты. Отец возражал, и поэтому мы начали кампанию практически без средств. Помогли клиенты. Я выиграл выборы — с ничтожным перевесом, но все же выиграл.

Он снова оглядывается по сторонам, прячет руку с сигаретой за спину. Но убедившись, что никто не видит, глубоко затягивается. Глаза его пусты и обращены в прошлое.

— Когда занялся политикой, спал по пять часов в день, но был полон энергии. Сейчас спал бы часов восемнадцать кряду. Медовый месяц кончился. Осталась только необходимость радовать всех, а особенно — жену, которая так самоотверженно билась за мое блестящее будущее. Марианна многим пожертвовала ради этого, и я не могу ее разочаровывать.

И это — тот самый человек, который несколько мгновений назад предлагал мне начать сначала? Но, может быть, ему именно это и нужно — говорить с кем-то, кто может понять его, так как чувствует то же, что и он?

Все-таки у меня редкий дар создавать химеры, причем — с поразительной быстротой! Я ведь уже представляла себя на шелковых простынях в шале на отрогах Альп.

— Ну, так когда мы сможем увидеться снова?

Тебе решать, когда.

Через два дня, говорит он. Я отвечаю, что у меня занятия йогой. Он просит пропустить. Отвечаю, что и так пропускаю все, что только можно, и потому поклялась себе, что буду более дисциплинированной.

Якоб, похоже, смиряется. У меня возникает желание согласиться, но все же не хочется казаться слишком уж доступной и заинтересованной.

Жизнь снова обретает смысл, потому что на место прежней апатии пришел страх. Как прекрасно испытывать страх — страх упустить шанс.

Отвечаю — нет, не получится, давай условимся на пятницу. Он кивает, звонит своему помощнику и просит вписать в ежедневник. Докуривает — и мы прощаемся. Я не спрашиваю, зачем Якоб рассказал мне так много о себе такого, что не предназначено ни для чьих ушей, а он не добавляет ничего к тому, что я услышала в ресторане.

Мне бы хотелось поверить, будто что-то изменилось после этого обеда. Одного из сотен деловых обедов, на которых мне пришлось бывать. Обеда, где подавали еду, которая просто не могла быть менее полезной, и вином, которое, хоть мы оба делали вид, что пьем, осталось почти нетронутым к той минуте, когда подали кофе. Нельзя расслабляться, нельзя ослаблять бдительность, несмотря на все эти фокусы с выбором марки и сорта вина.

Необходимо соответствовать ожиданиям. Возвращение Сатурна.

Я не одинока.

Журналистика не имеет ничего общего с тем гламуром, который мерещится читающей публике, воображающей интервью со знаменитостями, фантастические путешествия, знакомства с сильными мира сего и с завораживающе интересными маргиналами.

А на самом деле мы по большей части сидим в редакциях и висим на телефонах. Сидим все вместе, в огромных залах. Право на приватность получает только начальство, отделенное от простых смертных стеклянными перегородками, которые время от времени закрываются шторками. Но даже когда это происходит, начальство не перестает следить за нами и знает все, что происходит снаружи, а вот мы не видим, как беззвучно шевелятся их губы, словно у рыб в аквариуме.

Журналистика в Женеве, где всего-навсего 195 тысяч жителей, — скучнейшее занятие. Заглядываю в сегодняшний выпуск, хотя наперед знаю, что увижу там — нескончаемые переговоры высокопоставленных иностранных дипломатов в представительствах ООН, постоянные жалобы на предстоящую отмену банковской тайны и еще кое-что, достойное помещения на первой полосе — ну, к примеру, «Страдающий болезненной тучностью авиапассажир не смог войти в самолет» или «В окрестностях Женевы волк задрал несколько овец» или «В Сен-Жорже обнаружены следы доколумбовой цивилизации» и, наконец, вот он, главный заголовок: «После капитального ремонта прогулочный корабль “Женева”, прекрасный как никогда, возвращается в озеро».

Меня вызывают к редактору. Редактор желает знать, удалось ли выудить какой-нибудь эксклюзив у политика, с которым я накануне обедала. Как и следовало ожидать, моя встреча с Якобом незамеченной не прошла.

Нет, отвечаю. Ничего такого, чего бы не было в его официальной биографии. Обед был устроен ради того, главным образом, чтобы сблизиться с «источником», как мы называем людей, сообщающих нам важные сведения. (Чем шире раскинута сеть информаторов, тем большим уважением пользуется журналист, тем выше он котируется.)

А шеф говорит, что, по мнению другого источника, у Якоба Кёнига, хоть он и женат, роман с супругой коллеги-политика. Я чувствую острую резкую боль в том темном уголке души, где с недавних пор притаилась депрессия, и в ответ не произношу ни слова.

Меня спрашивают, смогу ли я еще больше сблизиться с ним. Подробности и особенности его похождений никого особенно не интересуют, но источник полагает: Якоба могут шантажировать. Иностранный металлургический концерн хочет скрыть кое-какие свои налоговые грешки, но не знает, как выйти на министра финансов. Им требуется так называемый «толкач».

Шеф объясняет: депутат Якоб Кёниг — это не наша цель, мы просто должны разоблачить тех, кто пытается подточить нашу политическую систему.

— Это будет нетрудно. Достаточно дать понять, что мы — на его стороне.

Швейцария — одна из очень немногих стран, где хватает слова. В большинстве других государств потребовались бы адвокаты, свидетели, подписанные документы, угроза подать в суд, если тайна будет нарушена.

— Нам нужны только подтверждение и фотографии.

Значит, я должна сблизиться с ним.

— И это тоже будет нетрудно. Наши источники уверяют, что встреча уже назначена и внесена в список его дел.

А еще говорят — Швейцария свято хранит тайну вкладов! Все всё знают.

— Применяй всегдашнюю тактику.

«Всегдашняя тактика» включает четыре пункта: 1. Всегда начинай расспрашивать о каком-то вопросе, по которому интервьюируемому захочется высказаться публично. 2. Давай ему говорить как можно больше, чтобы у него создалось впечатление, что газета отдаст под беседу несколько полос. 3. В конце ее, когда он уверится, что сам направляет ход разговора, задай тот единственный вопрос, что интересует нас на самом деле, причем дай понять, что если он не ответит, мы сократим газетную площадь, на которую он рассчитывает, так что он зря потратил время. 4. Если он отвечает уклончиво, переформулируй вопрос, но добейся ответа. Он ответит, что это никого не интересует. И все же надо получить одно, хотя бы одно заявление. В девяносто девяти случаях из ста эта ловушка срабатывает.

И этого достаточно. Остальное интервью выбрасываешь, а эту декларацию используешь в другом материале — не про того, у кого брала интервью, а в статью на какую-то другую, важную тему, и в статье этой будет официальная информация вперемежку с неофициальной из анонимных источников и прочее.

— Если он все же заупрямится и не захочет отвечать, настаивай, что мы на его стороне. Ты ведь знаешь, как устроена журналистика. И это тебе зачтется.

Еще бы не знать. Карьера журналиста так же коротка, как у спортсмена. Мы рано обретаем славу и влияние, но быстро уступаем место новым поколениям. Очень немногие могут остаться на плаву и процветать. Прочие видят, что уровень жизни упал, начинают бранить прессу, заводят блоги, читают лекции и больше времени, чем нужно, стараются произвести впечатление на приятелей. Промежуточной стадии не существует.

Я пока все еще — в роли «многообещающей». И если выполню поручение и получу декларацию, то, может быть, в будущем году не услышу: «К сожалению, мы сокращаем расходы, урезаем штаты, но вы со своим талантом и именем на улице, конечно, не останетесь».

Меня повысят? Я смогу решать, какие новости помещать на первую полосу — про волка, режущего овец в окрестностях, про исход иностранных банкиров в Дубай и Сингапур или про абсурдное отсутствие квартир в аренду. Какая блистательная перспектива на ближайшие пять лет.

Я возвращаюсь за свой стол, делаю еще два телефонных звонка — необязательных и неважных — читаю все, что есть интересного на интернет-порталах. Рядом тем же заняты мои коллеги, явно отчаявшиеся отыскать такую новость, которая смогла бы сдержать неуклонное падение тиража. Кто-то говорит, что на железнодорожной ветке, связывающей Женеву с Цюрихом, появились дикие кабаны. Пойдет?

Еще бы! Точно так же, как сообщение, только что полученное по телефону от какой-то восьмидесятилетней старушки, возмущенной тем, что в барах теперь запрещено курить. Летом, по ее словам, еще ничего, но когда придет зима, больше людей умрет не от рака легких, а от пневмонии, ибо посетители вынуждены будут выходить наружу.

Что же все-таки мы делаем в редакции газеты?

Я знаю, что. Мы обожаем свою работу и намереваемся спасти мир.

Сидя в позе «лотоса», вдыхая дым курений, слушая музыку, нестерпимо напоминающую ту, которая обычно звучит в лифтах, я начинаю медитацию. Мне уже довольно давно посоветовали попробовать это. В ту пору считалось, что я переживаю «стресс». (У меня и в самом деле был стресс, но это гораздо лучше, чем нынешнее безразличие ко всему на свете.)

— Нечистые мысли будут смущать вас. Не беспокойтесь об этом. Принимайте любые мысли. Не боритесь с ними.

Ладно. Я и так только тем и занимаюсь. Отстраняю токсичные эмоции, порождаемые гордыней, разочарованием, ревностью, неблагодарностью, сознанием своей никчемности. Заполняю пространство души смирением, благодарностью, пониманием, совестливостью и благодатью.

Думаю, что употребляю сахара больше, чем следует, и это пагубно влияет на здоровье телесное и душевное.

Отбрасываю тьму и отчаяние, приваживаю силы добра и света.

Вспоминаю в мельчайших подробностях давешний обед с Якобом.

Вместе с другими нараспев твержу мантру.

Спрашиваю себя, правду ли сказал шеф-редактор. Якоб в самом деле изменяет жене? Неужели он поддался на шантаж?

Наставница просит нас представить, что мы облачены в световые доспехи.

— Весь день и каждый день мы должны пребывать в уверенности, что эти доспехи защищают нас от опасностей и что мы не связаны больше с двойственностью бытия. Мы должны обрести срединный путь, где нет ни радости, ни горести, но только глубокий душевный мир.

Начинаю понимать, почему меня так раздражают уроки йоги. Двойственность существования? Срединный путь? Мне все это кажется таким же неестественным, как призывы моего доктора держать холестерин на уровне 70 единиц.

Световой панцирь выдерживает всего несколько секунд, а потом разлетается на тысячу кусков под натиском непреложной уверенности, что Якоб клюнет на любую привлекательную женщину. И что мне делать с нею, с этой уверенностью?

Упражнения продолжаются. Меняем позу, и преподавательница настойчиво, как на каждом занятии, требует, чтобы мы попытались хотя бы на несколько секунд «опустошить голову».

Пустота — это как раз то, чего я так боюсь и что чаще всего сопровождает меня. Если бы она знала, о чем просит меня... Впрочем, кто я такая, чтобы осуждать технику, существующую веками?

Так что же я делаю здесь?

Знаю, что делаю. Снимаю стресс.

Снова просыпаюсь посреди ночи. Иду в детскую — проверить, все ли там в порядке: такое навязчивое беспокойство свойственно время от времени всем родителям.

Потом опять ложусь и лежу, уставившись в потолок спальни.

Нет сил сказать, что я хочу или чего не хочу делать. Почему я не брошу йогу раз и навсегда? Почему не решусь пойти наконец к психиатру и начать принимать чудодейственные пилюли? Почему не могу овладеть собой и перестать думать о Якобе? В конце концов, он если на что-нибудь намекал, то лишь на то, что ему нужен человек, чтобы поговорить с ним о возвращении Сатурна и о тех фрустрациях, которые рано или поздно обрушиваются на каждого из нас по достижении определенного возраста.

Не выдерживаю больше. Моя жизнь напоминает фильм, где бесконечно повторяется одна и та же сцена.

Когда я училась на факультете журналистики, у нас было несколько лекций по психологии. И на одной из них преподаватель (интересный, кстати, мужчина, что в аудитории, что в постели) сказал, что на сеансе психотерапии пациент проходит пять стадий — защита, самовосхваление, обретение уверенности в себе, признание и попытка оправдания.

Я же сразу перескочила от самоуверенности к признанию. И начинаю говорить такое, что лучше было бы скрывать.

Вот, например: мир замер.

И не только мой, но и всех, кто вокруг. Встречаясь с друзьями, мы неизменно говорим об одних и тех же вещах и людях. Темы кажутся новыми и свежими, но на самом деле это всего лишь расточение времени и энергии. Изо всех сил стараемся показать, что жизнь по-прежнему интересна.

И все пытаются как-то совладать с чувством собственной несчастливости. Все — не только Якоб и я, но и муж, наверно, тоже. Просто он это не демонстрирует так явно.

А на опасной стадии признания, где я нахожусь в данное время, все это проявляется очень отчетливо.

Я не одна такая. Я окружена людьми с подобными же проблемами и люди эти притворяются, что все в их жизни идет по-прежнему. Как у меня. Как у моего соседа. И, вероятно, как у моего шефа и у человека, который спит сейчас рядом.

После определенного возраста все мы натягиваем маску уверенности и надежности. И со временем она прирастает к лицу.

В детстве мы привыкаем к тому, что если заплачем — нас приласкают, если нам грустно — нас утешат. И если не можем убедить улыбкой, наверняка добьемся своей цели слезами.

Став взрослыми, мы уже не плачем — разве что запершись в ванной, чтобы никто не услышал, а если улыбаемся — то разве лишь своим детям. Мы стараемся не проявлять своих чувств открыто, чтобы люди не сочли нас дряблыми, рыхлыми, ранимыми и не воспользовались этим.

Короче говоря, сон — лучшее лекарство.

В условленный день встречаюсь с Якобом. На этот раз место выбираю сама, и выбор падает в конце концов на чудесный, запущенный парк Дез-О-Вив, где находится еще один отвратительный ресторан, принадлежащий муниципалитету.

Как-то раз я обедала там с корреспондентом «Файнэншел Таймс». Заказали мартини, а официант принес «чинзано».

Сейчас никаких обедов — ограничиваемся сэндвичами на эспланаде. Потому что здесь Якоб может курить вволю и отсюда открывается прекрасный обзор на все, что вокруг нас. Мы видим, кто вошел и кто вышел. Собираясь сюда, я решила быть честной и после непременных формальностей (о погоде, о работе, «как было в клубе?» — «иду сегодня вечером») прежде всего спрошу его, правда ли, что его шантажируют из-за, так сказать, связи на стороне.

Вопрос его, кажется, не удивляет. Якоб только уточняет: с кем он разговаривает сейчас — с журналисткой или с другом?

Сейчас — с журналисткой. И если он подтвердит, я могу дать слово, что газета поддержит его. Мы не напечатаем ни слова о его личной жизни, но одолеем шантажистов.

— Да, у меня был роман с женой моего приятеля, которого, полагаю, ты должна знать по работе. И инициатива принадлежала ему, поскольку обоих стал тяготить брак, сделавшийся нестерпимо пресным и скучным. Понимаешь, о чем я говорю?

Муж? Нет, не понимаю, но киваю, вспоминая то, что было трое суток назад с моим собственным мужем.

И роман продолжается?

— Нет. Интерес пропал. Моя жена уже знает обо всем. Есть такое, что скрыть невозможно. Люди из Нигерии засняли нас с той дамой вместе и угрожают распространить снимки, но это ни для кого уже не новость.

А Нигерия, как я понимаю, это та страна, где находится металлургический концерн. А жена не требовала развода?

— Она дулась на меня два-три дня, тем дело и кончилось. У нее — обширные планы на наш брак, и я полагаю, супружеская верность занимает в них вполне второстепенное место. Она изобразила приступ ревности, чтобы дать понять, как это важно для нее, но актриса она бездарная. И уже спустя несколько часов после того, как я признался, устремила все внимание на что-то другое.

Судя по всему, мир, в котором живет Якоб, существенно отличается от моего мира. Жены там не ревнуют, мужья выступают в роли сводников. Я много теряю?

— Нет на свете ничего, что не разрешилось бы со временем. Ты не согласна?

Не совсем. Смотря что. Случается, что время не только не исцеляет недуг, но и осложняет положение. Вот это и происходит сейчас со мной. Впрочем, я пришла сюда не отвечать на вопросы, а задавать их, и потому предпочитаю промолчать. А Якоб продолжает:

— Нигерийцы об этом ничего не знают. Я договорился с людьми из министерства финансов — мы подстроим ловушку. Все запишем, зафиксируем — в точности так, как они хотели поступить со мной.

В эту минуту я просто вижу, как дымом рассеивается моя будущая статья — мой шанс высоко подняться в моей отрасли, которая с каждым днем пребывает во все большем упадке. Нечего рассказывать, ничего нового — ни адюльтера, ни коррупции, ни шантажа. Швейцарские стандарты непревзойденного качества не будут поколеблены.

— Это все, что ты хотела узнать? Мы можем перейти к другому вопросу?

Да, это все. А другого вопроса у меня, по правде говоря, нет.

— А я думаю, надо бы спросить, почему я хотел снова тебя увидеть? Почему хотел узнать, счастлива ли ты? Ты думаешь, что интересуешь меня как женщина? Мы ведь не подростки. Признаюсь, я немного оторопел от того, как ты повела себя у меня в кабинете, и, разумеется, я испытал тогда наслаждение, но этого недостаточно, чтобы находиться здесь и сейчас, тем более что в общественном месте такое едва ли может повториться. Итак, тебе неинтересно, почему я захотел снова увидеться с тобой?

Он, этот непредсказуемый человек, уже озадачивший меня вопросом о том, счастлива ли я, теперь пытается высветить и другие темные углы. Что же, он не понимает, что о таком не спрашивают?

Ну, только если тебе хочется рассказать об этом, отвечаю я, провоцируя его и желая разрушить одним ударом эту его властную манеру держаться, от которой я чувствую себя так неуверенно.

И добавляю: разумеется, ты хочешь затащить меня в постель. И ты будешь не первый, кто услышит «нет».

Он покачивает головой. Я делаю вид, что все нормально, и что-то начинаю говорить про волны на глади озера, обычно таком спокойном. Некоторое время мы рассматриваем их, как будто нет на свете ничего интересней.

Но вот ему удается найти нужные слова:

— Ты уже, наверно, заметила, я спросил, счастлива ли ты, потому что вижу в тебе самого себя. Подобное притягивается к подобному. Может быть, ты не замечаешь сходства, но это неважно. Может быть, ты находишься в душевном изнеможении, убеждая себя, что несуществующие проблемы — а ты знаешь, что они не существуют, — высасывают из тебя энергию.

Я думала о том же самом за обедом: больные души узнают друг друга и притягиваются, пугая живых.

— Так вот, — продолжает он, — я чувствую то же, что и ты. Разница, быть может, лишь в том, что мои проблемы — конкретней. Так или иначе, я ненавижу себя за то, что не смог решить их, раз уж попал в такую зависимость от одобрения стольких людей. От этого я остро ощущаю свою никчемность. Думал даже обратиться к врачу, но жена воспротивилась и отговорила. Сказала, что это, если станет известно, погубит мою карьеру. Я согласился.

Ах, вот как? Он обсуждает эти дела с женой. Может быть, ночью и мне поделиться с мужем сокровенными думами? Вместо того чтобы отправиться в клуб, могу сесть перед ним и рассказать все. Интересно, как он отреагирует.

— Разумеется, я уже наделал множество ошибок. И сейчас пытаюсь заставить себя смотреть на мир иначе, но — не выходит. А когда встречаю такую, как ты — учти, я встречал многих людей, попавших в нашу с тобой ситуацию, — стараюсь приблизиться и понять, как они-то справляются с ситуацией. Пойми, мне нужна помощь, а иных путей получить ее не существует.

Ах, значит, всего лишь это? Никакого секса, никакого романтического приключения, от которого вспыхнул бы золотым огнем этот пепельный женевский день. Значит, всего лишь групповые сеансы психотерапии, взаимопомощь, наподобие той, что устраивают себе анонимные алкоголики и наркоманы?

Я поднимаюсь. Глядя ему прямо в глаза, говорю, что на самом деле — вполне счастлива, а вот он должен обратиться к психиатру. А его жена не может и не должна управлять его жизнью. Тем более что никто ничего не узнает — существует врачебная тайна. Одна моя подруга переживала нечто подобное, а потом стала принимать таблетки — и вылечилась. А он что — собирается всю жизнь жить под дамокловым мечом депрессии ради того, чтобы его переизбрали на новый срок? Неужели он хочет для себя такой судьбы?

Он оборачивается — не слышит ли кто-нибудь? Но я заранее огляделась и знаю, что вокруг никого нет, мы одни — если не считать нескольких гуляющих в верхней части парка за рестораном. Но они и не думают приближаться.

Не могу остановиться. И по мере того, как говорю, чувствую, что сама себя слушаю и себе помогаю. Я говорю, что негативизм подпитывает себя. Что Якоб должен отыскать что-то такое, что сможет доставить ему хоть какую-то радость: ну, хоть посмотри фильм, или прочти книгу, или сходи под парусом.

— Да нет же... Дело не в этом. Ты меня не понимаешь... — он, похоже, обескуражен моей реакцией.

Еще как понимаю. Каждый день на нас обрушивается лавина сведений — на рекламных щитах накрашенные девчушки прикидываются взрослыми женщинами и предлагают чудодейственные кремы, обещающие вечную молодость; по телевизору рассказывают, как престарелая супружеская чета взошла на Эверест, чтобы на покоренной вершине отпраздновать годовщину свадьбы; витрины аптек завалены новыми средствами для похудения и новыми массажерами; фильмы проводят ложную идею смысла жизни; книги сулят фантастические результаты; специалисты дают советы о том, как сделать карьеру или обрести душевный мир. И от всего этого мы чувствуем, что жизнь наша пресна и монотонна, что мы стали старыми, с обвисшей дряблой кожей, с лишними килограммами, от которых не избавиться никакими силами, что мы вынуждены подавлять желания и сдерживать эмоции, поскольку они мешают нам вписаться в рамки того, что именуется «зрелостью».

Надо отбирать поступающую к тебе информацию. Надо ставить фильтры на уши и на глаза, допуская лишь то, что не заставит тебя ощущать свою второсортность, ибо для этого с лихвой хватает обыденной каждодневной жизни. Ты думаешь, на работе меня не ругает начальство, а коллеги не сплетничают за спиной? Если думаешь, то — напрасно. Однако я научилась воспринимать лишь то, что служит к моему совершенствованию, что помогает мне исправлять огрехи и ошибки. А все прочее... — я делаю вид, что не слышала этого или просто выбрасываю из головы.

Я попала сюда ради запутанной истории адюльтера, шантажа и коррупции. Но ты превосходно справился со всем этим. Разве сам этого не понимаешь?

И тут, недолго думая, сажусь рядом с Якобом, обхватываю его голову — чтоб не вырвался — и приникаю к его губам долгим поцелуем. Долю секунды он колеблется, но потом отвечает. В тот же миг все мои прежние ощущения — гнетущего разочарования, бессилия, неуверенности — исчезают, уступая место пьянящей радости. Ликование переполняет меня. Так вот, вдруг, я сумела перехватить инициативу и осмелилась сделать такое, о чем прежде могла только мечтать. Я рискнула вступить в неведомые края, отплыть в бурное, сулящее опасности море, чтобы рушить пирамиды и воздвигать храмы.

Я снова сама распоряжаюсь своими поступками и мыслями. То, что казалось невозможным утром, стало реальным к вечеру. Я снова обрела возможность чувствовать, я могу любить то, что не принадлежит мне, и ветер, перестав раздражать и тревожить, осеняет меня благодатью, словно это бог ласково погладил меня по щеке. Дух вернулся ко мне.

Кажется, что за то время, что я целовала Якоба, прошли столетия. Мы медленно отстраняемся друг от друга, заглядываем в самую глубину наших глаз, и он нежно проводит рукой по моим волосам.

И вновь находим то, что было здесь минуту назад.

Печаль.

Только теперь она присоединилась к безответственности и глупости поступка, который — по крайней мере, для меня — все осложнит.

Мы проводим вместе еще полчаса, разговаривая о пустяках так, словно ничего не случилось. Мы, казалось, были очень близки, когда пришли сюда, в парк Дез-О-Вив, мы стали единым целым в миг поцелуя, а сейчас опять превратились в чужих друг другу, посторонних людей, которые с усилием поддерживают разговор, дожидаясь, когда приличия позволят окончить его и без особенных сожалений разойтись каждому в свою сторону.

Нас никто не видел — мы ведь сидели не в ресторане. Нашим супружествам ничего не грозит.

Я думаю: «Попросить у него прощения?», но потом понимаю, что это — лишнее. В конце концов, один поцелуй — не бог весть какое преступление.

Не могу сказать, что торжествую, но все же сумела обрести хоть какой-то контроль над собой. Дома все идет своим чередом: прежде мне было до невозможности тяжко, теперь стало лучше, и никто ни о чем меня не спрашивает.

Что ж, последую примеру Якоба Кёнига: поговорю с мужем о странном состоянии духа. Доверюсь ему, расскажу все без утайки и, уверена, найду у него поддержку.

Но ведь сегодня все так чудесно и замечательно! Так зачем же портить это признаниями — а в чем именно, я и сама толком не знаю? Продолжаю бороться. Не верю, что творящееся со мной объясняется нехваткой в организме каких-то химических веществ, как утверждается на сайте, где обсуждают состояния «резкой подавленности».

Да и нет у меня сегодня никакой подавленности. Все в порядке вещей, нормальные жизненные циклы. Я ведь не забыла нашу прощальную вечеринку по окончании средней школы — сначала мы хохотали как сумасшедшие, а потом дружно рыдали, потому что осознали, что расстаемся навсегда. И печаль эта длилась несколько дней или недель, сейчас уже не помню. И, кстати, именно это простое обстоятельство очень красноречиво свидетельствует: раз не помню, значит, все прошло. Пересечь тридцатилетний рубеж — это нелегко, и, должно быть, я еще не готова к этому.

Муж поднимается, чтобы уложить детей. Я наливаю себе вина и выхожу в сад.

По-прежнему ветрено. Мы все знаем этот ветер, задувающий в течение трех, шести или девяти дней. Во Франции, более романтической, чем наша Швейцария, его называют «мистраль»; он неизменно приносит с собой ясную холодную погоду. И в самом деле тучи рассеялись: завтра будет солнечный день.

Я неотступно думаю о нашем разговоре в парке, о поцелуе. И не нахожу в душе ни капли раскаяния. Я решилась на то, чего никогда не делала раньше, и благодаря этому начала рушить стены своей темницы.

И мне мало дела до того, что думает Якоб Кёниг. Я не могу прожить жизнь, стараясь быть приятной всем.

Допиваю, снова наполняю бокал и наслаждаюсь — впервые за несколько последних месяцев — переполняющей меня радостью, наконец-то пришедшей на смену безразличию и ощущению своей бесполезности.

Муж спускается и спрашивает, скоро ли я буду готова? Совсем забыла, что мы собирались вечером пойти потанцевать.

Бегу собираться и приводить себя в порядок.

Когда выхожу, оказывается, что наша нянька-филиппинка уже пришла и разложила на столе книги. Дети уже спят, делать ей пока нечего, и она использует это время для занятий — телевизор, судя по всему, внушает ей ужас.

Мы готовы. Я надела свое лучшее платье, хоть и рискую показаться белой вороной в той среде. Плевать. Душа просит праздника.

Я просыпаюсь от стука ветра в окно. Сквозь сон думаю, что муж мог бы притворить его плотнее. Я должна встать и выполнить мой еженощный ритуал — зайти в детскую и взглянуть, все ли там в порядке.

Но что-то не дает мне сделать это. Я слишком много выпила вечером? И начинаю думать о ряби на поверхности озера, о рассеявшихся к вечеру тучах, о том, с кем была в клубе. Все, что там было, помнится смутно: мы с мужем единодушно сочли обстановку неуютной, музыку — отвратительной, а потому уже через полчаса вернулись к нашим планшетникам и компьютерам.

А все то, что я сказала Якобу вчера днем? Разве я не должна использовать момент, чтобы немного подумать о себе?

Но спальня словно душит меня. Рядом спит мой идеальный муж, и его, как видно, шум ветра не беспокоит. Я думаю про Якоба, который, лежа рядом с женой, рассказывает ей все, что чувствует (впрочем, я уверена, что обо мне он не упомянет), и радуется, что есть человек, который поможет, когда станет совсем одиноко. Я не очень верю в то, как он описал жену, — будь все так, они бы давно расстались. Тем более что детей у них нет.

Спрашиваю себя, не разбудил ли мистраль их тоже, и о чем они разговаривают сейчас. Где они живут? Узнать нетрудно. Все эти сведения имеются в нашей газетной картотеке. Занимались ли они любовью этой ночью? Страстно ли он овладевал ею? Стонала ли она от наслаждения?

А вот я, признаться, веду себя с ним как-то странно. Оральный секс, участливые советы, поцелуй в парке. Все это так непохоже на меня... Кто же она — та женщина, что подчиняет меня себе, когда я с Якобом?

Уж явно — не взрослая женщина, а скорее — подросток, провоцирующий и дразнящий. Девушка, наделенная прочностью скалы и силой ветра, который сегодня взъерошил обычно безмятежную гладь Лемана. Забавно, что когда мы, одноклассники, встречаемся, то хоть и твердим «ты совсем не изменился!», но все же тот, кто был самым хилым, сделался здоровяком, а самая красивая из нас ужасно неудачно выбрала себе мужа, а те, которые в школе были не разлей вода, не видятся теперь годами.

Но с Якобом — по крайней мере, в начале нашей новой встречи спустя столько лет — я в самом деле могу повернуть время вспять и стать прежней — девочкой, которая не боится последствий, потому что ей всего шестнадцать лет, а до возвращения Сатурна, возвещающего пришествие зрелости, еще так далеко.

Пытаюсь заснуть, но не могу. Вот уж больше часа не могу отделаться от навязчивых мыслей о нем. Вспоминаю, как сосед мыл машину и как я подумала, что жизнь его совершенно лишена смысла, а сам он занят поэтому всякой чепухой. Но нет — это была не чепуха: вероятно, он развлекался так, упражнялся, рассматривая эти простые житейские мелочи как благословение, а не как проклятье.

Вот этого мне и не хватает — умения немного расслабиться и пользоваться жизнью. Нельзя же беспрерывно думать о Якобе. Я ведь заменяю свою нехватку счастья чем-то более вещественным и определенным — мужчиной. Это-то понятно. И если бы я пошла к психиатру, он сказал бы мне, что проблема в другом. Нехватка лития в организме, низкий уровень серотонина — и прочее в том же роде. Это не с появления Якоба началось и не с его уходом кончится.

Но я не могу забыть. В мозгу десятки, сотни раз прокручивается миг нашего поцелуя.

И я понимаю, что подсознание превращает воображаемую проблему в реальную. Так всегда и происходит. Так и возникают болезни.

Я не хочу больше, чтобы этот человек появлялся в моей жизни. Его послал сам дьявол затем, чтобы окончательно разбить то, что и так было хрупко и неустойчиво. И как могла я так стремительно влюбиться в человека, которого толком и не знаю? А кто сказал, что я влюбилась? Со мной еще с весны творится что-то неладное, вот и все. А если до тех пор все шло хорошо, не вижу оснований к тому, чтобы это не вернулось.

Твержу себе снова и снова: это — такая жизненная фаза и больше ничего. Не могу держать в фокусе и притягивать к себе то, от чего мне плохо. Разве не так я сказала ему вчера?

Надо сжать зубы и дождаться, когда минует этот кризис. А если нет, я рискую влюбиться по-настоящему и чувствовать всегда то, то что на долю секунду вселилось мне в душу, когда мы с ним обедали в первый раз. И если это случится, мне уже не удержать это в себе. Страдание и муки выплеснутся наружу.

Не знаю, сколько я ворочалась с боку на бок — бесконечно долго — потом провалилась в сон, и, как показалось, уже через секунду муж разбудил меня. День ясен, небо сине, по-прежнему задувает мистраль.

— Иди готовь завтрак. А я займусь детьми, соберу их в школу.

А давай хоть раз в жизни переменим роли? Ты ступай на кухню, а я — в детскую

— Это бунт? Ладно же. Сейчас узнаешь, каким должен быть настоящий кофе! Ты такого и не пробовала.

Да нет, какой бунт — всего лишь попытка внести некоторые вариации в наши темы. Так, значит, тот, что я варю, недостаточно хорош?

— Послушай, не будем спорить, да еще в такую рань. Я знаю, что мы вчера оба перебрали, ночные клубы нам обоим уже не по возрасту. Ладно, займись детьми.

И он выходит раньше, чем я успеваю ответить. Я смотрю в телефоне перечень того, что предстоит мне сегодня.

Сверяюсь со списком абсолютно обязательных встреч. Чем он длинней, тем продуктивней, считается, прошел день. Многие дела следовало сделать вчера или позавчера, а они так и подвисли. И оттого список все растет и растет — и так до тех пор, пока, рассвирепев, я не уничтожаю его и не завожу новый. И тогда вдруг сознаю, что ничего уж такого особенно важного он и не содержал.

Однако есть пункт, который ни в каких списках не значится, но о котором я не забуду ни при каких обстоятельствах: узнать, где живет Якоб Кёниг, и выбрать время, чтобы проехать мимо его дома.

Когда я спускаюсь из детской, внизу уже накрыт завтрак — фруктовый салат, сыры, хлеб грубого помола, йогурты, сливы. Слева от моего прибора предупредительно положен номер газеты, в которой я работаю. Муж не признает вечно запаздывающие новости бумажной прессы и сейчас листает свой айпад. Наш старший сын осведомляется, что такое «шантаж». Я не понимаю, откуда он взял это слово, пока взгляд не падает на первую полосу. А там — большая фотография Якоба (наверно, одна из многих, имеющихся в архиве нашей редакции). Вид у него задумчивый. Сверху — заголовок: «Депутат отвергает попытку шантажа».

Это не я написала. Впрочем, когда я еще была на улице, позвонил шеф и сказал, что может отменить мою встречу, потому что сию минуту получил релиз министерства финансов и изучает ситуацию. Я объяснила, что встреча уже состоялась, что прошла она стремительней, чем предполагалось, и что мне не потребовались «рутинные процедуры». И меня тотчас командировали в ближайший пригород Женевы (он считается городом и даже имеет собственный муниципалитет), чтобы осветить протест горожан, ополчившихся на местную бакалею, где продаются, как выяснилось, товары с просроченным сроком годности. Я выслушала владельца, жителей квартала, друзей жителей квартала и пришла к выводу, что читающей публике эта история будет гораздо интересней, чем любое разоблачение какого угодно политика. Впрочем, его тоже поместили на первую полосу, но, разумеется, не на таком видном месте и не таким жирным шрифтом, как «Бакалея оштрафована. Сведений о жертвах отравления не поступало».

А сейчас, за утренним кофе, эта фотография Якоба вселяет в меня глубокое беспокойство.

Сообщаю мужу, что вечером нам с ним надо будет поговорить.

— Оставим детей на бабушку и сходим куда-нибудь поужинать, — отвечает он. — Мне тоже нужно побыть с тобой наедине. Ты и я. И чтобы не гремела эта чудовищная музыка, которая невесть почему пользуется таким успехом.

Это произошло однажды утром, весной.

Я забрела в тот уголок парка, где никогда никого не бывает. Рассматривала изразцы, которыми был отделан фасад школы. И чувствовала — со мной происходит что-то не то.

Другие дети считали меня воображалой и задавакой, и я не очень-то старалась их разубедить. Наоборот. Просила маму, чтобы по-прежнему покупала мне дорогую одежду и привозила в школу на заграничном автомобиле.

Так продолжалось до того дня в маленьком парке возле школы, когда я вдруг осознала свое одиночество. И подумала, что это, наверно, уже навсегда.

Хотя мне было всего восемь лет, казалось, что меняться уже поздно и поздно говорить окружающим, что я — точно такая же, как они.

* * *

А это было летом.

Я училась уже в старших классах, и мальчишки постоянно липли ко мне, хоть я и старалась держаться от них подальше. Одноклассницы умирали от зависти, но не злились на меня, а наоборот — навязывались в подруги и постоянно терлись рядом, чтобы, так сказать, подбирать крошки с моего стола.

А я отвергала практически всех, потому что знала твердо: если кого-то впущу в свой мир, вошедший не найдет там ничего интересного. Куда лучше напускать на себя таинственный вид и намекать на возможности, недоступные окружающим.

Возвращаясь домой, заметила несколько грибов, выросших после дождя. Никто их не трогал, потому что все знали, что они ядовиты. На какую-то долю секунды мне захотелось съесть их. Мне не было особенно грустно или весело — просто хотелось привлечь внимание родителей.

Но к грибам я не притронулась.

* * *

Сегодня первый день осени — самая прекрасная пора. Скоро уж изменят цвет листья, и деревья будут отличаться друг от друга. К автобусной остановке я решаю пройти другой дорогой — по улице, которой никогда не ходила прежде.

Останавливаюсь перед школой, где училась. Выложенная изразцами стена стоит как стояла. Все попрежнему, если не считать того обстоятельства, что теперь я не одна. Я принесла с собой память о двоих мужчинах: одного мне никогда не заполучить, с другим сегодня вечером я буду ужинать в хорошем, изысканном, тщательно выбранном ресторане.

Играя с ветром, небо прочерчивает птица. Носится из стороны в сторону, вперед и назад, то взмывает вверх, то снижается, и полет ее подчинен недоступной мне логике. А, может быть, вся логика — лишь в том, чтобы наслаждаться жизнью.

* * *

Но я не птица. Мне не удастся пропорхать по жизни, хотя многие мои друзья, у которых денег меньше, чем у нас, так и живут — от путешествия к путешествию, от ресторана до ресторана. Я сама пробовала быть такой же, но потерпела неудачу. Мой муж, человек влиятельный, устроил мне эту должность в газете. И я работаю, и время мое занято, я чувствую, что приношу пользу и что существование мое оправданно. Когда-нибудь мои дети будут гордиться мной, а подруги детства испытают небывалое еще разочарование и досаду, потому что я сумела создать нечто, а они всю жизнь только и делали, что пеклись о муже, о детях, о доме.

Не знаю, всем ли свойственно это стремление произвести впечатление на других. Мне оно присуще, не отрицаю, и стыдиться тут нечего — это оно идет лишь на пользу моей жизни и движет меня вперед. С тех пор, разумеется, как я исключила из нее неоправданный риск. С тех пор, как сумела сделать мой мир в точности таким, каков он сейчас.

И, придя на работу, я просматриваю правительственные сайты. И вот — меньше, чем через минуту, получаю адрес Якоба Кёнига, а также сведения о том, сколько он получает, где получил образование, как зовут его жену и где она работает.

Муж выбрал ресторан, расположенный на полпути от моей редакции к дому. Мы уже бывали там раньше. Было уютно и красиво, вкусно кормили, был неплохой выбор вин. Впрочем, я неизменно считаю, что дома лучше. И ужинаю в ресторане, только когда того требуют «социальные обязательства», и то при малейшей возможности стараюсь уклониться. Обожаю готовить. Обожаю находиться в кругу семьи и чувствовать одновременно, что защищаю их и что они оберегают меня.

Из списка обязательных дел одно — «проехать мимо дома Якоба Кёнига» — осталось невыполненным. Я сумела подавить этот импульс. Хватит с меня и воображаемых проблем с безответной любовью — незачем прибавлять к ним еще и реальные. То, что я чувствовала, — прошло. Больше не повторится. И в ясном сознании этого мы вступим на стезю мира, процветания и надежды.

— Говорят, тут сменился владелец, и еда уже не такая, как раньше, — замечает муж.

Да неважно. Ресторанная еда *всегда* одинакова — много масла, красивый ландшафт на тарелке и — поскольку мы живем в одном из самых дорогих городов мира — заоблачный счет, в общем-то, неизвестно за что.

Но ужин в ресторане — это обряд. Мэтр приветствует нас и ведет к нашему излюбленному столику (хоть мы уже давно не появлялись здесь), спрашивает, будем ли мы пить, и вручает меню. Я просматриваю его с начала до конца и заказываю то же, что и всегда. Муж тоже выбирает всегдашнего жареного ягненка с чечевицей. Мэтр предлагает нам фирменные блюда, описывая особенности каждого; мы вежливо слушаем, учтиво поддакиваем и просим принести то, к чему привыкли.

* * *

Первый бокал вина, которое не надо пробовать и смаковать, потому что мы женаты уже десять лет — выпивается незаметно, под разговоры о работе и сетования на то, что мастер, вызванный наладить отопление, так и не появился.

— А как там твой материал о ближайших выборах? — спрашивает муж.

Дело в том, что мне поручили разработать тему, которая для меня имеет особое значение: «Могут ли избиратели знать о частной жизни политика?». Статья имела продолжение, вынесенное в следующем номере на первую полосу, — там рассказывалось о том, что нашего депутата пытаются шантажировать нигерийцы. Подавляющее большинство опрошенных ответило: «Нет, нам это неинтересно». Мы — не в Америке и очень этим гордимся.

Разговариваем о прочих недавних событиях: со времени последних выборов в Федеральный совет порог явки увеличился до тридцати восьми процентов. Водители Женевской транспортной компании устают на работе, но довольны ею. Женщина была сбита на пешеходном переходе. Из-за неисправности локомотива на два часа было остановлено движение поездов. И прочее, в том же духе.

Выпиваю второй бокал, не дожидаясь, пока принесут закуску, и не спрашивая мужа, как прошел у него день. Он вежливо выслушивает все, что я ему только что поведала. И, должно быть, спрашивает себя, что мы с ним здесь делаем.

— Ты сегодня вроде бы повеселее, — замечает он после того, как гарсон приносит главное блюдо. И я спохватываюсь, что уже минут двадцать говорю без умолку. — Произошло что-нибудь особенное?

Спроси он меня об этом в тот день, когда я была в парке Дез-О-Вив, я бы залилась краской и начала бы лепетать заранее заготовленные оправдания. Но ведь сегодня мой день по обыкновению скучен, как я ни пытаюсь уверить себя, что очень важна для мира.

— Так о чем ты хотела поговорить со мной?

Я мысленно готовлюсь признаться во всем, берясь за третий бокал. Но появление официанта удерживает меня на самом краю пропасти. Мы обмениваемся еще несколькими ничего не значащими фразами, и бесценные минуты моей жизни расточаются в никчемных любезностях.

Муж заказывает еще бутылку. Мэтр желает нам приятного аппетита и отправляется за ней. И тогда я наконец решаюсь начать.

Ты скажешь, что я нуждаюсь в помощи психиатра. Не нуждаюсь. Я выполняю все свои обязанности — и дома, и на работе. Но вот уже несколько месяцев мне очень грустно.

— Я бы не сказал. И только что отметил, что ты сегодня веселая.

Ну разумеется. Моя печаль стала ежедневной обыденностью. Я счастлива, что мне есть с кем поговорить. Но то, что я собираюсь сказать, не имеет никакого отношения к этой внешней жизнерадостности. Плохо сплю. Чувствую себя эгоисткой. По-прежнему пытаюсь произвести впечатление на окружающих, как будто так и не повзрослела. Плачу без причины, запершись в ванной. Лишь однажды за много месяцев занималась любовью, когда по-настоящему хотела этого — и ты наверняка знаешь, про какой день я говорю. Я решила сначала, что любовь превратилась в ритуальный акт, скользящий по поверхности, и это следствие того, что я пересекла рубеж тридцатилетия. Но этого объяснения мало. Я чувствую, что расточаю свою жизнь, трачу ее без смысла, что когда-нибудь оглянусь назад и содрогнусь от раскаяния за все, что делала. За все — кроме того, что вышла за тебя и родила тебе детей.

— Но разве это — не самое важное?

Для многих — наверно. Но для меня — недостаточно. И с каждым днем мне не хватает этого все больше и больше. Когда наконец переделаны все домашние дела, у меня в голове начинают роиться бесконечные вопросы. Я боюсь перемен и вместе с тем испытываю огромное желание жить как-то иначе. Мысли повторяются, и я теряю власть над собой. Ты и понятия об этом не имеешь, потому что спишь. Ты слышал, как вчера ночью звенели стекла в окне от порывов мистраля?

— Не слышал. Но обычно окна у нас плотно закрыты.

О том и речь. Даже порыв ветра, который я слышала тысячу раз, способен теперь меня разбудить.

Я замечаю, когда ты ворочаешься с боку на бок или разговариваешь во сне. Пожалуйста, не принимай на свой счет, но мне кажется, что я окружена какой-то полнейшей бессмыслицей. Хочу, чтобы было ясно: я люблю наших детей. Люблю тебя. Обожаю свою работу. И от этого мне делается совсем худо: мне кажется, что я поступаю несправедливо по отношению к Богу, к жизни, к тебе и детям.

Он почти не притрагивается к еде. Сидит как перед незнакомой женщиной. Но уже то, что я смогла выговорить эти слова, уже вносит огромное умиротворение в мою душу. Моя тайна открыта. Вино производит нужное действие. Теперь я не одна. Спасибо, Якоб Кёниг.

— Так ты считаешь, что тебе не надо показаться врачу?

Не знаю. Даже если нужно, я ни за что на свете не пойду на это. Я должна сама разобраться в своих проблемах и решать их — мне одной.

— Я думаю, очень трудно таить в себе эти чувства так долго. Спасибо, что поверила их мне. Почему раньше не рассказала?

Потому что только сейчас стало невыносимо. Сегодня я вспоминала свое детство и раннюю юность. Неужели зерно было брошено в почву уже тогда? Сомневаюсь. Разве что разум изменял мне все эти годы — а это невозможно. Я выросла в нормальной семье, получила нормальное образование, веду нормальную жизнь. Что же не так со мной?

Ничего не рассказывала раньше, отвечаю ему сквозь слезы, потому что думала — пройдет, и не хотела тревожить тебя.

— Нет у тебя душевной болезни. Это бы проявилось так или иначе. Ты не теряешь в весе, у тебя нет вспышек неконтролируемой ярости. А если есть самообладание, то есть и выход.

Почему он упомянул потерю веса?

— Могу попросить нашего доктора выписать тебе какое-нибудь легкое снотворное. Скажу, что это для меня. Уверен, что если будешь высыпаться, сумеешь постепенно обрести власть над своими мыслями. Может быть, нам обоим стоит делать кое-какие упражнения. Дети будут в восторге. Мы оба с тобой слишком поглощены работой, а это — нехорошо.

Да нет, я не очень поглощена работой. Вопреки тому, что он думает, эти идиотские репортажи занимают голову, отвлекают, позволяют избежать дикой мысли, которая неизменно мучает меня, когда мне нечего делать.

— Так или иначе, нам с тобой нужно больше двигаться, бывать на воздухе. Бегать до полного изнеможения, пока не упадешь от усталости. Может быть, чаще звать к нам гостей...

Ох, вот этого кошмара наяву мне не надо! Вести разговоры, занимать гостей, растягивать губы в вымученной улыбке, выслушивать тонкие суждения про оперу и пробки на дорогах, а потом в довершение ко всему — еще мыть всю посуду.

— Давай на уик-энд пойдем в парк Юра́. Мы сто лет не были там.

На воскресенье назначены выборы. Я дежурю в редакции.

Мы едим в молчании. Гарсон уже дважды подходил посмотреть, не завершилась ли наша трапеза, а она еще даже и не начиналась. Вторая бутылка быстро пустеет. Представляю, какие мысли сейчас в голове у мужа: «Как мне помочь ей? Что сделать, чтобы она была счастлива?» Ничего. Ты уже сделал все, что мог. Теперь, если преподнесешь мне коробку конфет или букет цветов, я сочту это передозом внимания и помру от омерзения.

Придя к умозаключению, что за руль ему садиться не стоит, решаем оставить машину и забрать ее завтра. Звоню свекрови, прошу ее посидеть с детьми. Завтра рано утром я буду дома и отведу их в школу.

— Скажи мне, чего тебе не хватает?

Ради бога, не спрашивай. Потому что ответить нечего. Нечего. Насколько легче было бы, если бы я должна была справляться с неприятностями, преодолевать трудности! И я не знаю ни одного человека, который оказался бы в таких же обстоятельствах. Даже моя подруга, много лет страдавшая от подавленности и тоски, сейчас успешно лечится. Не думаю, что мне это нужно, потому что я не нашла у себя ни одного из перечисленных ею симптомов, да и потом мне страшновато погружаться в мир наркотиков — пусть и законных. А другие люди могут быть раздражены, могут переживать стресс или плакать от несчастной любви и разбитого сердца. И в этом случае — считать, что у них депрессия и что они нуждаются в консультациях врача и в лекарствах. Но ведь это вовсе не болезнь: это всего лишь разбитое сердце, а происходит такое от начала времен, от сотворения мира, с той поры, как человек открыл таинственное явление под названием Любовь.

— Если не хочешь показаться врачу, почему бы не почитать что-нибудь о таких случаях?

Да разве я не читала? Подолгу сидела на психологических сайтах. С особым рвением изучала методики йоги. И разве ты не замечал, что книги, которые я приносила домой, свидетельствуют о переменах литературных вкусов? Не подумал, что меня стала больше интересовать духовная сторона действительности?

Ничего не помогло. Я искала и не находила ответ. Прочитав десяток книг с мудреными учеными словами, поняла, что они не открыли мне ничего. Да, они производили некоторое действие, но оно улетучивалось в тот самый миг, когда я закрывала книгу. Все это оказывалось фразами, описывающими идеальный мир, которого не существует даже для того, кто сам его придумал.

— Но сейчас, за ужином, ты чувствовала себя лучше?

Да, конечно. Но ведь речь не об этом. Мне просто нужно осознать, во что я превратилась. Я — это я, а не постороннее мне существо.

Понимаю, что муж отчаянно хочет мне помочь, но так же блуждает в потемках, как и я. Он настойчиво выспрашивает о симптомах, и я отвечаю, что дело не в них, тут все становится симптомом. Понимаешь ли ты, что такое «черная дыра», всасывающая в себе все, как губка?

— Не слышал.

Так вот, это самое близкое подобие.

Он обещает, что я выйду из этого состояния. И не должна ничего решать. И не должна осуждать себя за что бы то ни было. Он — со мной, он — всегда рядом.

— Есть свет в конце туннеля.

Я хочу верить, однако ноги мои словно замурованы в бетон. Но ты не думай об этом, не тревожься обо мне, я продолжаю бороться. Я борюсь вот уже несколько месяцев. Со мной случалось такое и раньше: было и прошло. И однажды утром я проснусь — и все окажется лишь кошмарным сном. Я свято верю в это.

Муж просит счет, сжимает мне руку. Вызываем такси. Что-то изменилось к лучшему. Вера в того, кого любишь, неизменно приносит добрые плоды.

Якоб Кёниг, что ты делаешь в моей спальне, в моей постели, в моих тяжких снах? Ты должен бы сейчас работать день и ночь, потому что до выборов остается всего три дня, а ты теряешь драгоценное время избирательной кампании за обедом в «Перль дю Лак» и за разговорами в парке Дез-О-Вив.

Разве этого тебе мало? Зачем же ты еще вторгаешься в мои сны? Я поступила в точности так, как ты посоветовал: поговорила с мужем, ощутила, что он любит меня. И ощущение того, что счастье в моей жизни иссякает на глазах, исчезло после того, как мы с почти полузабытой уже страстью предавались любви.

Прошу тебя, уйди из моих мыслей. Завтра у меня трудный день. Рано встать, отвезти детей в школу, съездить на рынок да еще найти место для парковки, потом еще обдумать оригинальный поворот такой неоригинальной темы, как полтика... Оставь меня в покое, Якоб Кёниг.

Я счастлива в браке. И ты не знаешь и даже не догадываешься, что я думаю о тебе. И мне хотелось бы, чтобы кто-нибудь был сегодня вечером рядом со мной, чтобы рассказал мне сказки со счастливым концом, спел колыбельную, чтобы убаюкать... Но нет — я могу думать только о тебе.

Я теряю власть над собой. Хотя мы не виделись уже неделю, ты постоянно и настойчиво присутствуешь здесь.

Если не исчезнешь, мне придется идти к тебе, пить чай с тобой и твоей женой, убедиться, что вы живете счастливо, что у меня нет шансов, что ты солгал, говоря, что видишь в моих глазах свое отражение, что намеренно допустил, чтобы я была ранена тем поцелуем, о котором ты даже не просил.

Я надеюсь, что ты поймешь меня, я молю об этом, потому что и сама не могу постигнуть, чего же все-таки прошу.

Поднимаюсь с кровати, беру компьютер, чтобы набрать в поиске «как покорить мужчину». Вместо этого впечатываю слово «депрессия». Мне нужна полная ясность насчет того, что творится со мной.

Захожу на страницу, позволяющую юзеру самому поставить себе диагноз: «Определите, страдаете ли вы психическим расстройством». Там длинный перечень вопросов, и почти на все я отвечаю «нет».

Итог: «Вы, вероятно, переживаете сейчас трудное время, но ничто не указывает на то, что вы приближаетесь к состоянию клинической депрессии. Вам нет надобности обращаться к врачу».

Ну, что я говорила?! Я знала, что не больна. Судя по всему, я просто все это выдумала, чтобы привлечь к себе внимание. Или чтобы обмануть самое себя, сделать свою жизнь интересней — еще бы, ведь в ней появились *проблемы*! А проблемы требуют решения, и их поиску теперь я могу теперь посвятить часы, дни, недели.

Может, и впрямь стоит, чтобы муж попросил у нашего доктора какое-нибудь средство, облегчающее засыпание? Может, в самом деле нервотрепка на работе — особенно сейчас, в преддверии выборов — лишает меня душевного покоя? Я ведь всю жизнь стараюсь быть лучше всех и в профессиональной деятельности, и в семейной жизни, а уравновесить то и другое — дело нелегкое.

Сегодня — суббота, канун выборов. Один мой приятель говорит, что ненавидит выходные, потому что биржи закрыты и ему нечем развлечься.

Муж уговорил меня выйти из дому. Главный довод состоял в том, что надо погулять с детьми. А в воскресенье я буду дежурить в редакции.

Он просит меня надеть тренировочные брюки. Мне как-то неловко отправляться в таком виде в Ньон, старинный и славный город, построенный некогда римлянами, а ныне населенный едва ли двадцатью тысячами жителей. И я отвечаю, что в таких штанах хорошо разгуливать неподалеку от дома, тем более что все знают — мы занимаемся гимнастикой, однако он настаивает.

Спорить мне не хочется, и я уступаю. Впрочем, мне сейчас ни с кем не хочется спорить — в таком я теперь состоянии. Чем спокойней, тем лучше.

Покуда я еду на пикник в маленький городок, до которого всего полчаса езды, Якоб, наверно, встречается с избирателями, советуется с помощниками и друзьями — должно быть, он взвинчен, но этот стресс не тяготит его: он доволен, что в его жизни что-то да происходит. По опросам общественного мнения понять, кто лидирует, затруднительно, потому что в нашей стране к тайному голосованию относятся очень серьезно, но судя по всему, у него серьезные шансы на переизбрание.

Его жена, я полагаю, тоже провела бессонную ночь, но — по другим причинам, нежели я. Она предвкушала и обдумывала, как будет принимать друзей и сторонников после официального оглашения результатов. А сейчас она, наверно, на ярмарке на улице Де-Рив, где всю неделю бойко торговали овощами, мясом, зеленью палатки, установленные напротив входа в «Банк Юлиус Байер» и витрин «Прада», «Гуччи», «Армани» и других роскошных бутиков. Покупает самое лучшее, не заботясь о цене. А потом, наверно, садится в машину и отправляется в Сатиньи, на один из лучших виноградников — гордости всего региона — чтобы там, в погребах винодельческого хозяйства, попробовать разные сорта и определить, чем порадовать тех, кто в самом деле разбирается в сортах, букетах и оттенках вкуса. К таким знатокам, кажется, относится и ее муж.

Домой она вернется усталая, но счастливая. Официально Якоб еще считается одним из кандидатов, но почему бы не начать приготовления накануне? Боже мой, только сейчас обнаружилось, что сыру меньше, чем она предполагала! Снова она прыгает в машину и возвращается на ярмарку. Из десятков сортов выбирает те, которыми особенно славится кантон Во — «грюйер» (три вида — сладкий, малосольный и самый дорогой, выдерживаемый от девяти месяцев до года), мягкий внутри «Том Водуаз» (он особенно хорош для фондю, но можно есть его и просто так) и Л'Этивá из молока альпийских коров, который варят на слабом огне (причем обязательно должны гореть дрова).

Может быть, стоит заглянуть и в бутик и купить какую-нибудь обновку? Да нет, не надо, это будет чересчур. Лучше достать из шкафа платье от Москино, купленное в Милане, куда ездила с мужем: он выступал на конференции по законам о труде.

А где же Якоб?

А Якоб, должно быть, то и дело звонит жене: спрашивает, надо ли сказать то-то и то-то, побывать ли в таком-то квартале или лучше на такой-то улице, не опубликовала ли «Трибюн де Женев» чего-нибудь новенького на своем сайте. Он внимает ее советам, считается с ее мнением, постепенно освобождается от напряжения, вызванного сегодняшней предвыборной суетой, осведомляется, какую стратегию они выберут в дальнейшем. В нашем разговоре в парке он дал понять, что не уходит из политики, чтобы не разочаровывать жену. Хотя ему порой бывает нестерпимо тошно от всего, что он делает, любовь придает какой-то особый смысл его усилиям. Если он продолжит свою блистательную карьеру, то непременно станет президентом республики. Что, впрочем, в Швейцарии не значит ничего, потому что всем известно: президентов здесь избирает Федеральный совет сроком на год. Но кому же не захочется сказать: «...мой муж был президентом *Confoederatio Helvetica*, иначе называемой Швейцария».

Это откроет ему все двери. Он будет разъезжать по всему миру. Какой-нибудь гигантский концерн сделает его председателем совета директоров. Будущее четы Кёниг рисуется в самых лучезарных тонах, меж тем как у меня впереди — автострада и пикник, а одета я в тренировочные брюки.

Прежде всего мы отправляемся в Римский музей, а потом поднимаемся на невысокий холм и разглядываем развалины. Дети играют. Теперь, когда мой муж знает все, мне становится легче на душе: не нужно больше все время притворяться.

— Давай пробежимся по берегу озера.

А дети?

— Не беспокойся. Они достаточно хорошо воспитаны, чтобы послушаться, если мы попросим их посидеть тихо.

И мы спускаемся к озеру Леман, которое иностранцы называют Женевским. Муж покупает детям мороженое, просит сесть на скамейку и подождать, пока папа и мама немного пробегутся. Старший сын требует, чтобы ему дали айпад. Муж идет к автомобилю и приносит проклятое устройство. С этой минуты лучше няньки не найти. Теперь они с места не сойдут, пока не расстреляют скольких-то там террористов в компьютерных играх, которые, вообще-то говоря, детям давать не надо.

* * *

Мы начинаем пробежку. С одной стороны тянутся сады, с другой летают чайки и скользят по водной глади маленькие парусники — те и другие вовсю используют мистраль. Он не прекратился ни на третьи сутки, ни на шестые и, наверно, лишь на девятые стихнет, исчезнет, унося с собой синеву неба и хорошую погоду. Мы бежим вдоль берега уже пятнадцать минут. Ньон остался позади, так что нам лучше повернуть назад.

Я давно не бегала. И через двадцать минут выдыхаюсь и останавливаюсь. Не могу больше. Остаток пути проделаю шагом.

— Можешь! — подбадривает меня муж, подпрыгивая на месте, чтобы не терять ритма. — Не останавливайся. Надо идти до конца.

Сгибаюсь вдвое, упершись руками в колени. Сердце колотится. Дают себя знать мои бессонные ночи. Муж бегает вокруг меня.

— Давай-давай! Ты сможешь! Главное — не останавливаться! Сделай это ради меня, ради наших детей. Это ведь не просто пробежка. Надо помнить, что есть линия финиша и что нельзя сдаваться на середине дистанции.

О чем он говорит? Не о моей ли тоске?

Он подходит ближе, вплотную. Берет меня за руку и мягко встряхивает. У меня нет сил продолжать бег, но и на сопротивление их тоже не хватает. И я делаю то, что он говорит. И остающиеся десять минут мы все же бежим вместе.

На обратном пути вдруг замечаю предвыборные плакаты, и там среди многих лиц вижу улыбающегося в объектив Якоба Кёнига.

Я прибавляю скорости. Удивленный муж тоже наращивает темп. И вместо предполагаемых десяти минут укладываемся в семь. Дети сидят как сидели. Вокруг простирается необыкновенной красоты пейзаж — горы, Альпы на горизонте, в поднебесье парят чайки, а они не отрываются от экранчика. Поистине, это устройство пожирает души.

Муж направляется к ним, а я продолжаю бежать. Он смотрит на меня со счастливым недоумением. Наверно, решил, что его слова возымели эффект и что в кровь поступили эндорфины, как бывает всегда, когда мы увеличиваем физическую нагрузку: и неважно, чем при этом занимаемся — бегом или сексом. Этот гормон улучшает настроение, укрепляет иммунную систему, продлевает молодость, но, главным образом, вселяет чувства удовольствия и радости.

Но это — в теории. А на меня эндорфин действует совсем иначе. Мне он всего лишь дает силы двигаться вперед, бежать, покуда не исчезну за горизонтом, оставив весь мир позади. Почему у меня родились такие замечательные дети? Почему я повстречала своего будущего мужа и влюбилась в него? Если бы наши пути не пересеклись когда-то, разве я не была бы сейчас свободной женщиной?

Я сошла с ума. Я должна бежать дальше — до ближайшей психиатрической клиники, потому что о таких вещах не думают. Но я продолжаю думать.

Я бегу еще несколько минут — и поворачиваю назад. И на полдороге ужаснулась мысли, что мое желание свободы сбудется и, вернувшись в парк Ньона, я никого там не обнаружу.

Но нет — все тут: радуются возвращению любимой матери и жены. Я обнимаю их. Я вся взмокла от пота и чувствую, что и тело мое, и мысли одинаково нечисты, но все равно — крепко прижимаю всех троих к груди.

Вопреки тому, что чувствую. Или, лучше сказать, — вопреки тому, что не чувствую.

Ты не выбираешь себе жизнь — это она тебя выбирает. А что именно она тебе припасла — сколько радости и сколько горя — тебе знать не дано. Бери, что дают, и шагай вперед.

Да, мы не выбираем себе жизнь, но все же сами решаем, как распорядиться теми радостями и горестями, что она нам преподносит.

И в это воскресенье я сижу в штаб-квартире одной политической партии во исполнение своих профессиональных обязанностей (в том, что это именно так, я сумела убедить главного редактора и сейчас стараюсь убедить самое себя). Сейчас 17:45, и уже начинается празднование. Вопреки моим болезненным домыслам, никто из кандидатов не будет устраивать прием. Так что на этот раз не судьба мне побывать в доме у Якоба и Марианны Кёнигов.

Едва я появилась, как поступила первая информация. Проголосовали больше сорока пяти процентов избирателей — это настоящий рекорд. Лидирует какая-то дама, Якоб занимает почетное третье место, что дает ему возможность войти в правительство — если, конечно, партия сочтет нужным.

Главный зал украшен желтыми и зелеными воздушными шарами, приглашенные уже начали выпивать, а кое-кто, завидев меня, подымает два растопыренных пальца в знак победы: наверно, в надежде увидеть себя завтра в газете. Однако фоторепортеров еще нет. Сегодня воскресенье, и день такой славный.

Якоб замечает меня и тотчас отворачивается, ища, с кем бы поговорить — и я могу лишь вообразить себе, о каких скучных материях пойдет речь.

А мне надо работать или, по крайней мере, делать вид, что работаю. Достаю диктофон, блокнот, тонкий фломастер. И перехожу от одного к другому, собирая заявления вроде «теперь наш законопроект об иммиграции наверняка пройдет» или «избиратели поняли, что на прошлых выборах допустили ошибку, и исправили ее».

Победительница уверяет, что «поддержка избирательниц оказалась решающей».

Канал местного телевидения «Леман Блё» ведет прямую трансляцию. Политическая обозревательница — предмет тайного вожделения девяти из десяти присутствующих тут мужчин — задает умные вопросы, но в ответ получает лишь заранее заготовленные помощниками фразы.

Якоба Кёнига приглашают на сцену, и в тот миг, когда я начинаю протискиваться поближе, чтобы услышать, что он будет говорить, кто-то загораживает мне путь:

— О-о, здравствуйте! Я — мадам Кёниг. Якоб много рассказывал мне о вас.

Какая женщина! Белокурая, голубоглазая, в элегантном черном кардигане, с красным шарфиком «Гермес». Как ни странно, это единственный узнаваемый, как теперь говорят, бренд. Все прочее, должно быть, изготовлено в единственном экземпляре лучшим парижским стилистом, имя которого, чтобы избежать копирования, будет сохранено в тайне.

Я здороваюсь и изо всех сил стараюсь изобразить удивление.

Якоб говорил обо мне? Да, я брала у него интервью несколько дней назад, мы пообедали. Хотя журналистам не полагается высказывать собственное мнение, скажу вам все же, что ваш муж исключительно мужественно повел себя в истории с попыткой шантажа.

Марианна — или мадам Кёниг, как она представилась — в свою очередь притворяется, что мои слова ей интересны. Должно быть, она знает гораздо больше того, что показывает. Неужели Якоб рассказал ей и про наше свидание в парке Дез-О-Вив? Надо ли мне упомянуть об этом?

Меж тем Якоб уже отвечает на вопросы телеведущей, но Марианна вроде бы не прислушивается: впрочем, она наверняка знает их наизусть. Можно не сомневаться, что это она выбрала для него голубую рубашку и пепельно-серый галстук и безупречно сшитый фланелевый пиджак и часы — не безумно дорогие, чтобы не заподозрили в нескромности и желании покичиться, но и не очень дешевые, чтобы не подумали, будто он относится с пренебрежением к одной из важнейших отраслей нашей промышленности.

Спрашиваю, не хочет ли она сделать какое-нибудь заявление. И слышу в ответ: в качестве преподавателя философии Женевского университета — с удовольствием. Но в качестве жены переизбранного политика высказываться будет нелепо.

Мне кажется, что она меня провоцирует, и решаю отплатить той же монетой.

Отвечаю, что восхищаюсь тем, с каким достоинством она держится. Знает, что у ее мужа был роман с женой приятеля, но не устраивает скандала. Даже когда (незадолго до выборов) эта история попала в газеты.

— А зачем скандалить? Когда речь идет о сексуальных отношениях, где любви нет места, я всегда ратую за полную свободу.

Это намек? Мне трудно смотреть прямо в эти синие фонари ее глаз. Отвожу взгляд, но успеваю заметить, что она почти без макияжа — он ей без надобности.

— Я больше скажу, — добавляет она. — Это была моя идея — через анонимный источник известить вашу газету, а потом за неделю до выборов все разъяснить. История супружеской неверности забудется, а вот то, с каким мужеством он разоблачил коррупцию, не опасаясь, что шантажисты могут внести разлад в его семейную жизнь, люди навсегда запомнят.

Засмеявшись своим словам, она предупреждает, что это, как говорится, *off record*, не для протокола.

Отвечаю, что по существующим правилам журналиста об этом следует предупреждать прежде, чем сказать что-либо. И журналист может согласиться или нет. А просить о приватности после — все равно что пытаться вернуть листок, который упал в реку и уплывает по течению. Вода несет его по своей воле куда хочет.

— Но ведь вы примете мое условие, не так ли? Зачем вам порочить моего мужа?

Мы и пяти минут не проговорили, а уже обнаружилась между нами отчетливая враждебность. Давая понять свое недовольство, соглашаюсь не предавать это сведение огласке. Но пусть ее чудесная память запечатлеет навсегда — предупреждать надо заранее.

Каждую минуту она узнает что-то новое. Каждую минуту она все ближе к своему торжеству. Да, именно *своему*, потому что жизнь, которую ведет Якоб, не приносит ему счастья.

Она не сводит с меня глаз. А я решаю вернуться к моей роли журналистки и спрашиваю, не хочет ли она что-либо добавить. Устроит ли она сегодня домашнее торжество для ближайших друзей?

— Разумеется, нет. Кто выдержит такие хлопоты?! Тем более что он уже избран. Праздники и ужины надо устраивать раньше, чтобы привлекать голоса.

Я, хоть и снова почувствовала себя круглой дурой, должна задать, по крайней мере, еще один вопрос.

Якоб — счастлив?

И тут вижу, что достигла дна колодца. Мадам Кёниг со снисходительным видом отвечает размеренно, как профессор на лекции:

— Ну, конечно, счастлив! Кому в голову придет думать иначе?

Эта женщина заслуживает четвертования.

Нас обеих одновременно берут на абордаж: меня — помощник победительницы, который хочет представить меня ей; Марианну — кто-то из гостей, подошедших поздравить ее. Говорю, что рада была познакомиться. Очень хочу добавить, что при случае не прочь была бы выяснить — не под запись, разумеется — что она имела в виду под «чувственными отношениями» с женой друга. Вручаю свою визитку — на тот случай, если понадоблюсь — и ничего не получаю в ответ. Но прежде чем успеваю отойти, она на глазах у всех ухватывает меня за руку и говорит:

— Я видела нашу подругу, которая обедала с моим мужем. И должна сказать: она вызывает жалость. Хочет казаться сильной, а на самом деле — слаба и хрупка. Притворяется уверенной в себе, а меж тем постоянно спрашивает себя, что думают другие о ней и о ее работе. Производит впечатление человека бесконечно одинокого. Как вы знаете, дорогая, мы, женщины, шестым чувством определяем, от кого исходит угроза нашему семейному очагу. Не так ли?

Чистая правда, отвечаю я с полнейшим безразличием. Помощник недовольно хмурится — победительница ждет меня.

— Но у этой женщины нет никаких шансов, — договаривает мадам Кёниг.

Протягивает мне руку и отходит, не удостаивая никакими объяснениями.

В понедельник я все утро упорно звоню Якобу. Ответа нет. Включаю антиопределитель номера, подозревая, что он видит его и не берет трубку. Пробую снова и снова — безрезультатно.

Связываюсь с его помощниками. Мне отвечают, что он чрезвычайно занят — и это на следующий день после выборов? Но мне надо поговорить с ним, отвечаю я, так что буду продолжать дозваниваться.

Применяю уловку, которую использую довольно часто: звоню по другому телефону, не значащемуся в списке контактов.

На втором звонке он отвечает.

Это я. Нам с тобой необходимо срочно встретиться.

Якоб отвечает, как воспитанный человек: сегодня никак невозможно, но он постарается выкроить время. Обещает перезвонить мне.

— Это твой новый номер?

Нет, я одолжила телефон. Потому что на мои звонки ты не отвечаешь.

Он смеется, словно речь идет о чем-то необыкновенно забавном. Я понимаю, что вокруг много людей: притворяется он, надо сказать, артистически.

Кто-то заснял нас в парке и намерен меня шантажировать, придумываю я на ходу. А я скажу, что виноват во всем он, Якоб, он меня заманил туда. И избиратели, думавшие, что такое с ним случилось только однажды и больше не повторится, будут горько разочарованы. Да, он выбран в Федеральный совет, но скандал может закрыть ему путь в министры.

— Ты хорошо себя чувствуешь?

Отвечаю, что со мной все в порядке, и даю отбой. Прошу его смской сообщить, где и в котором часу мы завтра встретимся.

Я и в самом деле в полном порядке.

Как может быть иначе? Наконец мне есть чем заняться в моей томительно-скучной жизни. И мои бессонные ночи больше не будут заполнены вихрями растерянных, не подчиняющихся моей воле мыслей. Теперь я знаю, чего хочу. Теперь у меня есть враг, которого надо уничтожить, и цель, которой надо достичь.

Мужчина.

Это не любовь — впрочем, может, и она, но не в ней дело. Моя любовь принадлежит мне, и в моей воле предложить ее тому, кого понимаю, пусть даже он не ответит мне. Конечно, лучше было бы, если бы ответил, но если нет — ничего страшного. Терпение! Я не отступлюсь и буду упорно копать колодец, в котором нахожусь, потому что знаю: там, в глубине, — вода, живая вода.

Меня тешит эта мысль, только что пришедшая в голову, — я вольна любить кого угодно в мире. Я могу решить это сама, ни у кого не спрашивая позволения. Сколько мужчин когда-то любили меня без взаимности? И тем не менее преподносили мне подарки, ухаживали за мной, унижались. И никогда не досадовали на меня.

А когда встречали спустя несколько лет, у них в глазах еще сохранялся блеск так и не одержанной победы и желания до конца дней продолжать попытки снова и снова.

Если они действовали так, почему я не могу сделать то же? Интересно бороться за любовь безответную.

Иногда это совсем не забавно. Иногда остаются глубокие рубцы, неизгладимые отметины. Но это интересно — особенно для человека, который несколько лет назад стал бояться малейшего риска, начал временами испытывать ужас перед возможностью перемен — причем неуправляемых.

Нет, хватит. Больше я ничего не стану подавлять. Брошенный мне вызов меня спасает.

* * *

Шесть месяцев назад мы купили новую стиральную машину, и, чтобы установить ее, пришлось поменять трубы. А после этого — перекрыть пол и перекрасить стену. В результате ванная комната стала красивей, чем кухня.

Чтобы избежать такого контраста, отремонтировали кухню. Тогда заметили, что спальня какая-то несвежая. Когда привели ее в порядок, оказалось, что она контрастирует с кабинетом, где почти десять лет ничего не трогали.

Взялись за кабинет. И постепенно переустройство и обновление распространились на весь дом.

Я надеюсь, то же самое случится и с моей жизнью. Что мелкие поправки приведут к большим переменам.

Я потратила довольно много времени, изучая жизнь Марианны, которая предпочитает представляться «мадам Кёниг». Родилась она в богатой семье: отец был совладельцем одной из крупнейших в мире фармацевтических компаний. На выложенных в интернет фотографиях она предстает неизменно элегантной — и на светских вечеринках, и на отдыхе. И всегда одета к месту и ко времени — не лучше и не хуже, чем требуют обстоятельства. Она-то уж не поедет в тренировочных штанах в Ньон и не зайдет в платье от Версаче в молодежный бутик — не то что некоторые.

Вероятно, во всей Женеве и ее окрестностях нет более завидной персоны. Мало того что она унаследовала крупное состояние и замужем за очень многообещающим политиком, Марианна и сама сделала научную карьеру: она профессорствует на философском факультете. Написала две диссертации; ее докторская называлась «К вопросу о предрасположенности к реактивным психозам после выхода на пенсию» и вышла как монография в университетском издательстве. Две ее статьи были опубликованы в солидном журнале «Ле Ранконтр», где некогда печатались работы Адорно и Пиаже. Во франкоязычной Википедии ей посвящена страничка, которая, впрочем, уже давно не обновлялась. Там ее представляют как «специалистку по агрессивности, конфликтам и назойливости среди пациентов домов престарелых».

Стало быть, разбирается в терзаниях и в исступлении, свойственных человеку, — разбирается так досконально, что «чисто чувственная связь» мужа ее не шокировала.

Она — блестящий стратег, потому что заставила респектабельную газету поверить анонимам, которых у нас в Швейцарии немного и которых всерьез воспринимать не принято. И подозреваю, что она и была этим «анонимным источником».

Она легко манипулирует людьми: оказалась способна превратить то, что могло бы стать опустошительным конфликтом, в урок терпимости и понимания, представить это как вклад своей семьи в дело борьбы с коррупцией.

Она умеет смотреть вперед и провидеть будущее: достаточно умна, чтобы пока не заводить детей. Не горит, успеется. А пока сможет создать все, что захочет, и при этом ее не разбудит ночью плач младенца, и соседи не скажут ей, что надо бы оставить работу и больше внимания уделять детям. (Именно так поступают мои соседи.)

У нее могучий инстинкт, раз она не почуяла во мне угрозу. Внешность обманчива — я ни для кого не представляю опасности, разве что для себя самой.

Она принадлежит к типу женщин, которых я истребляла бы безжалостно.

Потому что она — не бедолага, что встает в пять утра, чтобы успеть на работу в центр города, несчастное существо, не имеющее вида на жительство, замирающее от страха при одной мысли, что когда-нибудь обнаружится: оно здесь находится незаконно. И не спесивая гусыня, которая замужем за высокопоставленным международным чиновником и лезет из кожи вон, чтобы все видели, как она богата и счастлива, хотя все знают, что у ее мужа есть любовница на двадцать лет моложе ее. И не эта самая любовница ответственного сотрудника из ООН, которая работает там же, но как бы хорошо ни делала она свое дело, как бы ни старалась, признания коллег не добьется: все всегда будут объяснять ее успехи только тем, что она «крутит с шефом».

И не та одинокая и влиятельная чиновница, которой пришлось переехать в Женеву, потому что именно там находится штаб-квартира ВТО, все служащие которой чрезвычайно серьезно относятся к «служебным романам» и потому не осмеливаются даже переглянуться ни с кем из коллег. Вечерами она смотрит в стены своей огромной арендованной квартиры, а иногда приглашает к себе «мальчика по вызову», чтобы развлек ее и заставил позабыть, что никогда уже не будет у нее мужа, детей, любовника.

Нет, Марианна — из другого теста. Это женщина в полном смысле слова.

Я лучше сплю теперь. Мне необходимо до выходных увидеться с Якобом. По крайней мере, он обещал, и не думаю, что у него хватит духу переменить решение. Во время нашего последнего телефонного разговора — это было в понедельник — он заметно нервничал.

Мой муж уверен, что субботняя вылазка в Ньон пошла мне на пользу. Знал бы он, что именно в тот день я наконец поняла, что же на самом деле причиняло мне такие страдания — отсутствие страсти и ровная упорядоченность моей жизни.

Один из симптомов, которые я обнаружила у себя, можно было бы назвать чем-то вроде психологического аутизма. Мой мир — некогда бескрайне широкий и полный возможностей — начал сужаться, съеживаться, сокращаться по мере того, как вырастала потребность в безопасности. Отчего так? Может быть, это генетическая память о тех доисторических временах, когда наши обитавшие в пещерах предки усвоили: в одиночку погибнешь, а сбившись в кучу — можно выжить.

При этом я знаю, что никакой общности не под силу контролировать все — к примеру, когда падает волосок с головы или клетка внезапно сходит с ума и превращается в опухоль.

Но ложное чувство безопасности заставляет нас забыть об этом. И мы считаем, что чем выше и крепче стены, которые мы возводим вокруг своей жизни, тем лучше будет. Пусть даже это психологический порог, пусть в глубине души мы отлично сознаем, что рано или поздно, не спрашивая разрешения, придет смерть, так приятно притворяться, что сами управляем всем.

В последнее время мой дух был бурлив и беспокоен, как море. И сейчас, окидывая мысленным взглядом путь до нынешнего моего состояния, могу сказать, что я проделала путь через океан на утлом плотике — да еще в сезон штормов. Я выживу? — спрашиваю себя сейчас, когда назад пути уже нет.

Разумеется, выживу.

Мне уже случалось раньше встречать бури. Кроме того, я составила список того, что надо сделать, когда почувствую, что опять проваливаюсь в эту черную дыру:

- Поиграть с детьми. Почитать им такое, что послужит уроком для них — и для меня: потому что у сказок нет возраста.
- Взглянуть на небо.
- Выпить стакан или два ледяной минеральной воды. Прием вроде бы незамысловатый, но меня это неизменно взбадривает.
- Заняться стряпней. Кулинария — прекрасное и самое совершенное искусство. Оно включает все наши пять чувств и добавляет к ним шестое — потребность отдать все лучшее, что есть в нас. Это мое излюбленное лечение.
- Записать мои жалобы. В свое время это было настоящее откровение! Каждый раз, как меня раздражает что-нибудь, я записываю повод. В конце дня просматриваю и убеждаюсь, что сердилась попусту.
- Улыбаться, даже когда хочется заплакать. Это самый трудный пункт в моем списке, но мы привыкнем. Буддисты утверждают, что постоянная улыбка — пусть даже неискренняя — на лице в конце концов осветит и душу.
- Принимать душ не раз в день, а два. Да, кожа сохнет из-за того, что в нашей воде — высокое содержание кальция и хлора. Но зато омывается душа.

Но все это, надо заметить, действует, лишь когда есть цель. А цель у меня — завоевать Якоба Кёнига. Я — как загнанный зверь, которому некуда убегать. Мне остается только собрать всю мою ярость и напасть первой.

Наконец-то назначено время и место: завтра, в три, в ресторане Гольф-клуба в Колоньи. Мы могли бы встретиться в каком-нибудь бистро или в баре на одной из тех улочек, что идут перпендикулярно к главной (и добавлю — единственной) торговой улице Женевы. Однако он выбрал ресторан Гольф-клуба.

В три часа дня.

Потому что в это время ресторан пуст и мы сможем поговорить без помех и не привлекая к себе внимания. Мне надо будет придумать какую-нибудь отговорку для шефа, но это — не проблема. Имею право: в конце концов, мою статью о выборах перепечатали многие газеты страны.

Место, что называется, не бойкое, и Якоб наверняка имел это в виду. Место отчасти даже романтическое — по крайней мере, я со своей неистребимой склонностью верить тому, во что хочется, так думаю. Осень окрасила листву деревьев в разные тона золота, и, может быть, я приглашу Якоба погулять. Мне лучше думается на ходу. Я еще лучше — на бегу, как это было в Ньоне, но, боюсь, на этот раз не получится.

Ха-ха-ха.

Сегодня вечером у нас дома на ужин был раклет — расплавленный сыр с тонкими ломтиками сырого бизоньего мяса и традиционная картошка-рёшти, испеченная на гриле в кожуре и со сметаной. Муж и сыновья спросили, по какому случаю такое угощение, и я ответила: «По случаю того, что мы все вместе и можем спокойно наслаждаться вкусным ужином». Потом я приняла второй за день душ, чтобы смыть с себя все мое томление. Намазалась кремами и пошла в детскую почитать сыновьям, но обнаружила, что они сидят, уставившись в экраны своих планшетников. Моя бы воля — я запретила бы электронные устройства всем, кому еще нет пятнадцати.

Велела им выключить и, когда они нехотя повиновались, взяла книгу сказок и открыла наугад:

Когда начался ледниковый период, животные стали вымирать от холода. И тогда дикобразы решили собраться в стаи — так они согревали и защищали друг друга.

Однако острые иглы ранили тех, кто был ближе — и, значит, давал больше тепла. И те отодвигались, удалялись, уходили.

И — снова вымирали.

И тогда им пришлось делать выбор: либо исчезнуть с лица земли, либо терпеть колючки ближнего своего.

И рассудив мудро, дикобразы решили вновь сбиться в кучу. И постепенно притерпелись к мелким уколам, неизбежным при таком близком соседстве, осознав, что все-таки тепло, исходящее от соседа, — куда важнее. И выжили.

Дети поинтересовались, когда они смогут увидеть живого дикобраза.

— Они есть в зоопарке?

Не знаю.

— А что такое ледниковый период?

Это когда очень холодно.

— Как зимой?

Да, но только эта зима не кончается никогда.

— А почему они не вырвали свои иглы, прежде чем обняться?

О, боже мой. Мне надо было выбрать другую историю. Гашу свет и в виде колыбельной пою им народную песню, которую услышала в одной альпийской деревне. Вскоре оба уже спят.

Муж принес мне валиум. Прежде я всегда отказывалась принимать лекарства, боясь привыкания и зависимости, но чтобы завтра быть в форме, надо выспаться.

Проглатываю таблетку и проваливаюсь в глубокий сон. Мне ничего не снится и я не просыпаюсь посреди ночи.

Я прихожу раньше срока и, пройдя здание клуба, оказываюсь в саду. И, решив использовать этот прекрасный день по полной, добираюсь до самого края сада.

Грусть. Вот первое слово, которое приходит в голову с наступлением осени. Потому что знаю: лето кончилось, дни становятся все короче, и мы живем не в зачарованном краю дикобразов в ледниковом периоде — у нас никто не стерпит самый слабенький укол от другого.

Да, мы видим, как в других странах люди уже начинают умирать от переохлаждения, видим немыслимые пробки на дорогах и закрытые аэропорты. Топятся камины, достаются из шкафов одеяла. Но это все происходит в выстроенном нами мире.

А в природе все чудесно — деревья, прежде неотличимые друг от друга, обретают неповторимость собственного облика и решают окрасить рощи в тысячу разных тонов и оттенков. Завершается некая часть жизненного цикла. Природа отдохнет и через какое-то время, весной воскреснет и ознаменует свое воскрешение цветами.

И нет времени лучше осени, чтобы приступить к забыванию всего, что томит и тревожит. Надо стрясти с себя тревоги и беспокойства, как деревья стряхивают с себя сухую листву, надо пойти потанцевать, использовать каждую частицу жаркого пока еще солнца, согреть тело и душу его лучами, пока оно не уснет, не превратится из светила в тусклый светильник.

* * *

Я замечаю его издали. Он ищет меня в ресторане, высматривает на террасе и даже справляется у бармена. Бармен указывает в мою сторону. Якоб видит меня и приветственно машет рукой. Я медленно направляюсь назад, в клуб. Медленно — потому что хочу, чтобы он оценил мое платье, туфли, демисезонный жакет и походку. Сердце у меня колотится, но я не могу позволить себе сбиться с ритма.

Подыскиваю слова. По какой таинственной причине мы встретились вновь? Почему мы оба удерживаем себя, хоть и знаем, что меж нами уже возникло нечто? Может быть, боимся споткнуться и упасть, как уже случалось не раз?

И по дороге мне кажется, что я вхожу в какой-то туннель, где никогда не бывала прежде, и ведет он от цинизма к страсти, от иронии — к желанию вверить всю себя.

А о чем думает он, идя ко мне навстречу? Должна ли буду объяснить ему, что пугаться нечего и что «если Зло существует, оно таится в наших страхах»?

Печаль. Вот слово, которое превращает меня в романтическую особу и от которого я молодею с каждым шагом.

Я продолжаю раздумывать, что скажу, когда окажусь перед ним. Но лучше не искать слова, а дать им самим вылиться свободно и естественно. Они — со мной, во мне. Я могу не признавать их, не принимать, но они куда могущественнее, чем моя необходимость управлять всем.

Почему я не хочу слышать их, покуда не произнесла их?

Боюсь? Но что может быть хуже унылой, пепельно-серой жизни, где дни неотличимы друг от друга? Чем ужас перед тем, что все — включая и душу мою — все исчезнет, и я останусь в этом мире одна-одинешенька — и это после того, как у меня было все, чтобы быть счастливой?

Я стою против света и вижу, как падают листья. И внутри меня происходит то же самое — что ни шаг, падает очередная преграда, прорывается новая линия оборона, рушится стена, и сердце мое, прежде укрытое всем этим, обретает способность видеть свет осени и радоваться ему.

О чем мы будем говорить сегодня? О музыке, которую слушала в машине по дороге сюда? О ветре в ветвях? О жизни человеческой со всеми ее противоречиями, с тьмой и искуплением?

Мы заговорим о печали, и он скажет, что печаль звучит в самом этом слове. А я отвечу: нет, в нем слышится светлая грусть, и оно толкует о чем-то позабытом и хрупком — таком же, как мы все, когда притворяемся, что не видим дороги, по которой без спросу и согласия ведет нас жизнь, когда отказываемся от своей судьбы, потому что судьба ведет нас к счастью, а мы хотим всего лишь спокойствия и надежности — и ничего больше.

Еще несколько шагов. Еще несколько барьеров падает. Еще больше света проникает в мое сердце. И мне уже в голову не приходит управлять чем бы то ни было: я хочу всего лишь жить сегодня, в этот день, что никогда не повторится. Мне ни в чем не нужно убеждать Якоба. Не поймет сегодня — поймет завтра. Это всего лишь вопрос времени.

Мы сядем на веранде, не боясь холода. Тем более что там он сможет курить. Поначалу он займет оборону и начнет выпытывать, кто и зачем мог сфотографировать нас в парке.

Но потом поговорим о том, есть ли жизнь на других планетах, о присутствии Бога, о котором, судя по тому, как мы ведем себя, мы так часто забываем. О вере, о чуде, о встречах, предначертанных нам еще до рождения.

Обсудим извечную борьбу науки и религии. Затронем любовь, которая всегда и желанна, и пугающа. Он настойчиво скажет, что мое определение печали неверно, некорректно, а я буду молча потягивать свой чай, поглядывая, как за гребни гор Юра закатывается солнце, и радоваться тому, что живу.

Ах, да, еще поговорим о цветах, хотя те, что еще видны в баре, производят в оранжереях как на конвейере.

Остается всего несколько шагов. Последние стены рухнули. Я родилась заново.

* * *

Я подхожу к нему и, как принято у нас, в Швейцарии, трижды целую в щеки (всякий раз, когда приходится с кем-нибудь здороваться за границей, от третьего поцелуя люди пугаются). Я чувствую нервозность Якоба и предлагаю сесть на террасе — там не будет посторонних глаз и можно курить. Официант его знает. Якоб заказывает кампари с тоником, а я — чай, как и предполагала.

Чтобы помочь ему освоиться, завожу речь о погоде, о деревьях, о том, что красота — это способность понимать постоянную изменчивость мира.

Почему мы так привержены шаблонам? Только и слышишь: «Это неестественно. Это неправильно. Это невозможно». Не лучше ли воспринимать эти вызовы как источник познания, а не как нечто враждебное.

Якоб по-прежнему заметно нервничает. Отвечает автоматически, словно желая оборвать разговор, но я не даю это сделать. Этот день моей жизни — уникален и уже по одному этому достоин уважения. Продолжаю говорить обо всем том, что приходило мне в голову по пути сюда, произношу слова, не взвешивая их и не оценивая. И сама поражаюсь, как точны они и уместны.

Говорю о домашних животных. Спрашиваю, понимает ли он причину нашей к ним привязанности. Якоб отвечает что-то такое, что принято говорить в таких случаях, и я перехожу к другому вопросу: «Почему нам так трудно принять, что все люди разные? Почему такое множество новых законов пытается разделить нас по племенам вместо того, чтобы признать — культурные различия способны сделать нашу жизнь богаче и интересней? Но он говорит, что устал от политики.

Тогда завожу речь об аквариуме, который видела сегодня в школе, когда отвела туда сыновей. За стеклом кругами плавала рыба, и я сказала себе: она не помнит, где начался ее круг, и никогда не дойдет до конца. Вот за это мы и любим рыб в аквариумах: они заставляют нас вспомнить про свою жизнь и не уподобляться им, сытно накормленным, но не могущим выбраться за стеклянную стену.

Якоб закуривает новую сигарету. Вижу, что в пепельнице уже два окурка. И понимаю, что в трансе света и покоя говорю уже давно, не давая ему возможности выразить то, что он чувствует. О чем бы он хотел сказать?

— Об упомянутой тобой фотографии, — отвечает он очень осторожно, потому что уже заметил, что затрагивает щекотливую тему.

Ах, фотографию! Ну да, разумеется, она существует. Она железом и огнем запечатлена в моем сердце, а когда погаснет этот огонь, один Бог знает. Но — войди и взгляни собственными глазами, потому что все барьеры, ограждавшие мое сердце, рушились один за другим, покуда я приближалась к тебе.

Нет-нет, не говори, что не знаешь пути, потому что ты уже входил туда несколько раз — и в прошлом, и теперь. Тогда я оказывалась принимать это и понимаю, что тоже упрямилась. Тут мы стоим друг друга. Не беспокойся, я проведу тебя.

Выслушав мои слова, он бережно берет мою руку и потом с улыбкой вонзает кинжал:

— Мы ведь с тобой уже не подростки. Ты — замечательная... и, насколько я знаю, у тебя чудесная семья. Ты не думала о супружеской психотерапии?

На какое-то время я оказываюсь совершенно сбита с толку. Потом встаю и иду к машине. Не плача. Не прощаясь. Не оглядываясь.

Я ничего не чувствую. Я ни о чем не думаю. Подхожу к машине, сажусь и еду по шоссе, сама не зная, куда. В конце пути меня никто не ждет. Печаль сменилась полным безразличием. Чтобы двигаться, я должна тащить себя за шиворот.

Пока через пять минут не оказываюсь перед замком. Я знаю, что случилось там: некто дал жизнь чудовищу, известному и поныне, хотя немногие знают имя женщины, родившей его.

Ворота, ведущие в парк, закрыты, но что с того? Я могу проникнуть внутрь через живую изгородь. Могу присесть на ледяную скамью и представить себе, как все это было в 1817 году. Мне нужно отвлечься, забыть все, что вдохновляло меня раньше, и сосредоточиться на чем-то ином.

Я представляю, как однажды в том году появился в этом замке его новый обитатель, английский поэт лорд Байрон, решивший затвориться там от мира. Его ненавидели на родине, как и в Женеве, где обвиняли в том, что он устраивает оргии и, напившись, бесчинствует. Должно быть, он умирал с тоски. Или от печали. Или от ярости.

Неважно, от чего именно. Важно, что в этот день приехали к нему погостить двое соотечественников. Поэт Перси Биши Шелли и его «жена», восемнадцатилетняя Мэри.

Был там и некто четвертый, но я не помню, как его звали.

Наверно, они говорили о литературе. Наверно, жаловались на дожди и холод, на женевцев и на своих земляков и на отсутствие чая и виски. И, вероятно, читали друг другу стихи и наперебой расточали взаимные похвалы.

И, считая себя людьми особенными и значительными, решили заключить пари: вернуться сюда через год и привезти книгу о «condition humaine»*.

Само собой разумеется, что когда схлынуло первоначальное воодушевление и угас интерес к планам и обсуждению того, что человек в частности есть ходячее заблуждение, действующие лица забыли о своем пари.

---

* Условия человеческого существования (*франц.*). Здесь употребляется в более широком значении: «природа человеческая».

Мэри присутствовала при этом разговоре. Принять участие в этой затее ей не предложили. Помимо того, что она была женщиной, имелось и еще одно отягчающее обстоятельство — ее молодость. Тем не менее история оставила в ней глубокий след. А почему бы в самом деле не написать что-нибудь — просто так, для времяпрепровождения? У нее была тема, оставалось только развить ее — и потом, написав книгу, сохранить ее для себя самой.

Но когда они вернулись в Англию, Шелли прочел рукопись и посоветовал Мэри опубликовать ее. Более того — как знаменитый поэт, он решил, что сам предложит сочинение издателю и сам напишет предисловие. Мэри после недолгих колебаний согласилась, поставив, правда, одно условие: книга должна выйти без указания ее имени.

Первоначальный тираж в пятьсот экземпляров разошелся стремительно. Мэри считала, что обязана успехом предисловию Шелли, однако второе издание вышло уже под ее именем. С той поры книга уже *никогда* не исчезала с прилавков книжных магазинов всего мира. Она вдохновляла писателей, театральных режиссеров, кинематографистов; ее использовали на праздниках Хеллоуина, на карнавалах и на маскарадах. Не так давно один влиятельный критик назвал ее «самым креативным произведением Романтизма за последние двести лет».

И никто не может объяснить, почему так. Большинство не читало ее, но практически все слышали о ней.

А рассказывает она о некоем Викторе, швейцарском ученом, который родился в Женеве: родители готовили его к постижению мира через науку. Еще в детстве он увидел, как молния ударила в дуб, и спросил себя: не от этого ли возникает жизнь? Природа человеческая может быть сотворена человеком?

И, став современным Прометеем, который похитил огонь с небес и отдал его людям (Мэри дала своей книге такой подзаголовок «Новый Прометей»), Виктор начинает работать, чтобы повторить творение Бога. Как и следовало ожидать, несмотря на все старания, эксперимент выходит из-под контроля.

А называется книга — «Франкенштейн».

* * *

О, Господи, Ты, о ком я так мало думаю в повседневности, но в кого я так беззаветно верю в часы отчаянья и душевной муки, скажи, случайно ли я остановилась здесь? Или это Твоя невидимая и неумолимая рука направила меня к замку, где мне и вспомнилась эта история?

Мэри познакомилась с Шелли в пятнадцать лет и, несмотря на то что он был женат, пренебрегла всеми светскими условностями и пошла следом за человеком, уверившись, что он — любовь всей ее жизни.

Пятнадцать лет! И уже точно знала, чего хочет. И знала, как достичь этого. А мне — тридцать один, я схожу с ума от желания, но неспособна обрести желанное, хоть и могу в этот осенний день, проникнутый романтической печалью, вдохновляться тем, что когда-нибудь — когда придет время — истина откроется мне.

Я не Мэри Шелли. Я — Виктор Франкенштейн и его монстр.

Я попыталась родить нечто неодушевленное, а итог вышел такой же, как в книге, — ужас и разрушение.

Нет больше слез. Нет отчаяния. Я чувствую себя так, словно сердце мое отринуло все и от всего отрешилось — и это передалось телу: потому что я не могу шевельнуться. На дворе осень, и потому солнце садится быстро и прекрасный закат сменяется сумерками. Приближается ночь, а я все сижу тут, все гляжу на башни замка и вижу его обитателей, в XIX веке приводивших в негодование добропорядочных женевских горожан.

Где же та молния, что дала жизнь чудовищу?

Нет ее. Вереница машин на шоссе, и без того немногочисленных здесь, еще более редеет. Мои дети ждут ужина, а муж — он знает о том, в каком я виде, — наверно, уже забеспокоился. Но кажется, будто к ноге приковано чугунное ядро, и я не могу пошевелиться.

Я — проигравшая.

Разве можно заставить кого-то просить прощения за то, что разбудил любовь и не ответил на нее?

Да нет, конечно.

Потому что любовь Господа к нам — тоже, можно сказать, безответная любовь. Никогда нам не достичь ее уровня, а Он, тем не менее, продолжает нас любить. Любить так сильно, что послал к нам своего единственного сына объяснить: любовь — это та сила, которая движет солнцем и звездами. В одном из своих посланий Коринфянам (в школе нас заставляли заучивать их наизусть) апостол Павел говорит:

Если я говорю языками человеческими и ангельскими, а любви не имею, то я — медь звенящая или кимвал звучащий.

И все мы знаем, почему. Мы часто слышим такое, что представляется великой идеей, способной преобразовать мир. Но это всего лишь слова, лишенные чувства, сказанные без Любви. Как бы логичны и умны ни были они, они не трогают нас.

Апостол Павел сравнивает любовь с пророчеством, с таинствами, с верой и с милосердием.

Почему Любовь важнее, чем Вера?

Потому что Вера — это всего лишь дорога, по которой мы идем к Великой Любви.

Почему Любовь важнее Милосердия?

Потому что Милосердие — это всего лишь одно из проявлений Любви. А целое всегда важнее части. Кроме того, и Милосердие — лишь один из путей, которые использует Любовь, чтобы человек соединился с ближним своим.

Знаем мы, что бывает и милосердие без Любви. Каждую неделю устраиваются «благотворительные балы». И люди платят огромные деньги, чтобы заказать столик, принять участие и блистать драгоценностями и баснословно дорогой одеждой. И мы выходим оттуда в полной уверенности, что мир стал лучше благодаря средствам, собранным в пользу беженцам в Сомали или голодающим в Эфиопии. И перестаем чувствовать свою вину, возникавшую при виде жестокой нищеты, хотя никогда не спрашиваем, куда пошли эти деньги.

А те, у кого нет связей, способных доставить такое приглашение, или средств оплатить такие экстравагантности, подают нищему милостыню. И — готово. Это ведь так просто — бросить монетку уличному попрошайке. И вообще-то говоря, это проще, чем не бросить.

Одна монетка — и какое облегчение! И нас в расход не вводит, и нищему хорошо.

Меж тем, если бы мы и вправду его любили, то сделали бы для него несравненно больше.

Или — вообще ничего бы не сделали. Не подали бы милостыню и — как знать? — ощущение собственной вины за его нищенское положение сумело бы пробудить у нас в душе подлинную Любовь.

Апостол Павел сравнивает Любовь с жертвенностью и с мученичеством.

И сейчас я лучше понимаю эти слова. Будь я самая что ни на есть успешная женщина на свете, будь я во сто крат желанней и восхитительней Марианны Кёниг, без любви в сердце не добьюсь ничего. *Ничего*.

Беря интервью у артистов и политиков, у врачей и социальных работников, у студентов и чиновников, я неизменно спрашиваю: «Какова цель вашей работы?» Одни отвечают — создать семью. Другие — сделать карьеру. Но когда начинаю копать, так сказать, поглубже и допытываться, то получаю почти всегда один и тот же ответ: улучшить мир.

Мне хочется встать на мосту Монблан с манифестом, напечатанным золотыми буквами, и вручать его каждому водителю и пешеходу. Там будет сказано так:

Убедительная просьба ко всем, кто намерен когда-нибудь работать для блага человечества: никогда не забывайте, что даже если тела ваши будут сожжены во имя Божье, ничего у вас не выйдет без Любви. Ничего!

И нет дара драгоценнее, чем отблеск Любви на нашей жизни. Вот это и есть тот истинный универсальный язык, что позволяет говорить нам по-китайски или на одном из индийских диалектов. В юности я много путешествовала, как и подобает всякой уважающей себя студентке. Повидала страны богатые и бедные. И чаще всего не владела местным языком. Но повсюду безмолвное красноречие Любви помогало мне быть понятой.

Послание Любви — в том, как я живу, а не в моих словах и не в поступках.

Апостол Павел в трех коротких стихах говорит нам, что Любовь состоит из многих других вещей. Так же как свет. Мы еще в школе усвоили, что если взять призму и подставить ее под солнечный луч, он окрасится в семь цветов радуги.

Так из каких же элементов состоит Любовь? Это те добродетели, о которых мы слышим ежедневно и которые доступны нам в любой миг.

Терпение: *Любовь терпелива.*

Доброта: *Любовь благодушна.*

Великодушие: *Любовь не пылает ревностью.*

Смирение: *Любовь не тщеславится и не гордится.*

Деликатность: *Любовь не ведет себя неуместно.*

Самоотречение: *Любовь не преследует собственной выгоды.*

Терпимость: *Любовь не ведает ожесточения.*

Невинность: *Любовь ничего не толкует в дурную сторону.*

Искренность: *Любовь не тешится несправедливостью, но радуется истине.*

Все это связано с нашим повседневным бытием, с «сегодня» и «завтра», с Вечностью.

И самая главная проблема в том, что люди обычно соотносят эти свойства и качества только с Любовью к Богу. Но как проявляется она, эта любовь? Через любовь к ближнему, к человеку.

Чтобы обрести мир на небесах, нужно отыскать любовь на земле. Без любви мы ничего не стоим.

Я люблю — и никто не в силах лишить меня этого. Люблю своего мужа, неизменно находя в нем опору. И думаю, что люблю еще одного мужчину — я знаю его с отроческих лет. И когда в один прекрасный осенний день я шла к нему, то чувствовала, как рушатся мои редуты и форты, и возвести их заново я не сумею. Да, я осталась без защиты, я стала уязвима, но не раскаиваюсь и не жалею.

Сегодня утром, пока я пила кофе, при виде мягкого света, проникавшего снаружи, я снова вспомнила это и в последний раз спросила себя — ты хочешь создать реальную проблему для того, чтобы уйти от проблем воображаемых? Ты в самом деле влюблена или всего лишь перенесла все неприятные ощущения последних месяцев на эту фантазию?

Нет. Бог не знает несправедливости и никогда не допустит, чтобы я влюбилась так сильно, если бы не было надежды на ответное чувство.

Меж тем любовь иногда требует, чтобы за нее боролись. Вот это я и сделаю. И в поисках справедливости должна буду без нетерпения и отчаяния удалить зло. Когда Марианна будет далеко, а Якоб — рядом, он сам будет мне благодарен по гроб жизни.

Или снова уйдет, но оставит во мне ощущение, что я боролась до конца, пока хватало сил.

Я — из породы новых женщин. Я пустилась на поиски такого, что не придет ко мне внезапно по доброй воле, по внезапному побуждению. А Якоб — женат и верит, что любой неосторожный шаг погубит его карьеру.

Итак, на что же мне устремить свои усилия? На то, чтобы разрушить его брак — и так, чтобы он сам не заметил.

Это будет моя первая встреча с торговцами наркотой!

Ибо я живу в стране, которая решила некогда изолироваться от всего остального мира и очень этим довольна. И когда решаешь поездить по городкам и деревням в окрестностях Женевы, сразу же становится ясно: машину там поставить негде, если только какой-нибудь знакомый не пустит тебя в свой гараж.

Мораль из этого следует такая: «Чужак, не приезжай к нам, ибо и вид на озеро внизу, и величавые Альпы на горизонте, и яркая пестрота полевых цветов весной, и золотистый тон виноградников осенью, все, все это — наследие наших предков, покой которых никто никогда не тревожил. Мы хотим, чтобы так было всегда, а потому — не приезжай к нам, чужак. Пусть даже ты родился и вырос в соседнем городке, ты нам неинтересен, нечего тебе у нас делать. Хочешь припарковаться — отправляйся в большой город, там полно стоянок».

Мы до такой степени отчуждены от мира, что до сих пор верим в возможность ядерной войны. И потому по закону каждое здание должно быть оборудовано убежищем на этой случай. Не так давно один депутат попытался было отменить этот самый закон, однако парламент воспротивился, рассудив так: ну да, атомный конфликт, может, и маловероятен, а угроза химического оружия? Мы обязаны защитить наших граждан. И вот по всей стране продолжают строить дорогущие бомбоубежища. Пока не грянул Апокалипсис, их используют под склады и винные погреба.

Меж тем через границу проникает такое, чему швейцарцы при всем желании превратить свою страну в островок мира и спокойствия противостоять не могут.

Например, наркотики.

Власти кантонов пытаются контролировать места продажи и закрывают глаза на тех, кто покупает. И хотя мы живем в земном раю, разве не давит на нас всех ответственность, сроки и скука? Наркотики повышают продуктивность и снимают напряжение. И потому, чтобы не подавать дурной пример всему миру, мы одновременно и запрещаем их и терпим.

Тем не менее именно в тот момент, когда явление начинает обретать больший масштаб, по волшебному совпадению какая-нибудь знаменитость или, как принято выражаться, «знаковая фигура» попадается на «дури», как это называется на нашем журналистском жаргоне. История попадает в газеты и на телевидение, имея целью послужить примером, дать острастку юнцам, а всему населению показать, что у правительства все под контролем и горе тому, кто преступит закон!

Происходит такое не чаще, чем раз в год. Но я не верю, что какая-нибудь важная шишка только раз в год решает нарушить рутинное течение своей жизни и отправляется в подземный переход у моста Монблан купить дурь у продавцов, которых всегда можно встретить там. Будь это так, те давно бы исчезли из-за отсутствия клиентуры.

Я спускаюсь в переход. Мимо снуют супружеские пары, стоят поодиночке подозрительные личности: они никого не трогают и до них никому нет дела. Оживляются они лишь в том случае, если появляется юная парочка, говорящая на иностранном языке, или респектабельного вида чиновник пересекает переход и тотчас возвращается, глядя прямо в глаза этим личностям.

Я тоже сначала дохожу до конца туннеля, покупаю бутылку минеральной воды и жалуюсь на холод человеку, которого никогда прежде не видела. Погруженный в свои мысли, он не отвечает. Тогда я иду назад — и вот они, эти торговцы. Встречаюсь с ними глазами, но в переходе сегодня на удивление людно. Время обеда, и люди сидят в фешенебельных ресторанах, которых в этом квартале множество, стараются заключить важную сделку или соблазнить туристку, приехавшую искать хорошую работу.

Выждав немного, прохожу мимо в третий раз. Снова устанавливаю, так сказать, визуальный контакт, и вот один из этих людей, едва заметно мотнув головой, дает понять, чтобы я следовала за ним. В жизни бы не подумала, что сделаю это, но таким уж странным, ни на что не похожим выдался нынешний год, что я перестала удивляться своим поступкам.

Напустив на себя беззаботный вид, иду следом.

Через две-три минуты оказываемся у Английского сада. Проходим мимо туристов, фотографирующих одну из женевских достопримечательностей — Цветочные часы. Минуем маленькую станцию, от которой, как в Диснейленде, ходит вокруг озера поезд. И наконец останавливаемся у парапета, смотрим на воду. Со стороны похожи, наверно, на мужа с женой, фотографирующих Жет-д'О, гигантский фонтан, достигающий порой стометровой высоты и давно ставший символом Женевы.

Он ждет, когда я скажу что-нибудь. Но я, хоть и демонстрирую полнейшее самообладание, не уверена, что мой дрогнувший голос не выдаст мою растерянность. Не дождавшись, молчание нарушает этот парень:

— Ширнуться, курнуть, колеса?

Ну, готово. Я пропала. Не знаю, что ответить, и торговец поймет, что имеет дело с новичком. Я не прошла испытание.

Он смеется. Спрашиваю, не думает ли он, что я из полиции?

— Да нет, конечно. Они бы моментально поняли, о чем я.

Объясняю, что это — впервые.

— Заметно. Такие дамочки, как вы, обычно не дают себе труда приходить сюда. Попросят дозу у племянника или у сослуживца. Потому я и решил привести вас на берег озера. Мы могли бы поладить по пути, на ходу, и я бы не потерял столько времени, но все же я хочу знать, что именно вам нужно — товар или совет?

Нет, ему времени не жалко. Думаю, что на своей точке в подземном переходе он умирает со скуки. Я трижды прошла мимо и ни одного клиента не увидела.

— Ладно, повторю вопрос: чего именно вы хотите?

Спрашиваю, имеется ли у него крэк или героин. Он отвечает, что это запрещенные вещества. Мне хочется возразить: все, что я бы ни назвала, запрещено, но я сдерживаюсь.

Объясняю: это не для меня, а для моего врага.

— Хотите отомстить? Собираетесь убить кого-нибудь передозом? В таком случае, мадам, это не ко мне.

Он поворачивается, чтобы уйти, но я останавливаю его, прошу выслушать. Понимаю, что моя настойчивость наверняка удвоит цену.

Объясняю, что человек, о котором идет речь, наркотиков не употребляет. Но он — вернее, она — сильно мешает моему роману. И я всего лишь хочу заманить ее в ловушку.

— Это аморально. Господь не велит так поступать.

Нет, вы слышали?! Торговец наркотой, которая вызывает зависимость и может убить, наставляет меня на путь истинный!

Рассказываю ему свою легенду. Я замужем уже десять лет, у меня двое чудесных мальчиков. А у нас с мужем — мобильные телефоны одной марки и модели, и вот два месяца назад я случайно взяла его, а не свой.

— И вы не пользуетесь паролем?

Нет, конечно. Мы доверяем друг другу. А, может быть, его аппарат был как раз тогда разблокирован, не помню. Но дело не в этом, а в том, что я обнаружила штук четыреста смсок и кучу фотоснимков, запечатлевших привлекательную блондинку — по всей видимости, очень благополучную и отлично устроенную в жизни. Тогда я поступила неправильно — закатила скандал. А муж не стал запираться и отнекиваться: сказал, что это женщина, в которую он влюблен. И что он рад, что все открылось само и ему ничего не пришлось рассказывать.

— Такое часто бывает.

Торговец наркотой из миссионера стал семейным психологом? Но я продолжаю — потому что меня саму занимает история, которую я изобретаю на ходу. Попросила мужа уйти. Он согласился и на следующий день оставил меня с двумя детьми, а сам ушел к своей возлюбленной. Однако она приняла его очень плохо, потому что крутить роман с женатым мужчиной — это одно, а внезапно впустить в свою жизнь мужчину, которого не выбирала, — совсем другое.

— Женщины! Вас нипочем не поймешь.

Я тоже так считаю. И сочиняю дальше: она заявила, что не готова к такому обороту событий и что между ними теперь все кончено. Как это чаще всего бывает — мне так кажется, по крайней мере — он вернулся ко мне и попросил прощения. Я простила. Ибо хотела только, чтобы он вернулся. Я — натура страстная и не смогла бы жить без человека, которого люблю.

Но вот сейчас, по прошествии нескольких недель, я снова заметила, что он изменился. Но теперь стал осмотрительней и телефон свой где попало не оставляет, и потому я не знаю, возобновилась ли его связь. Однако подозреваю, что да. И эта напористая и независимая блондинка, излучающая силу и шарм, лишает меня самого дорогого, что есть в моей жизни. Любви. А вы знаете, что это такое?

— Я понял, что вам нужно. Но это очень опасно.

Как же это он понял, если я еще не успела объяснить?

— Хотите подстроить ловушку сопернице. Товара, который вы просите, у нас нет. Но для выполнения вашего плана понадобится не меньше тридцати граммов порошка.

Он что-то набирает на своем сотовом и показывает мне экранчик. Это — портал Си-эн-эн/Деньги, где указаны цены на наркотики. Я удивлена и не сразу понимаю, что это недавний репортаж о тех трудностях, с какими столкнулись сейчас крупные картели.

— Как видите, вам это обойдется в пять тысяч франков. Вы считаете эту цену приемлемой? Не дешевле ли будет отправиться к той даме и устроить скандал? Хотя, насколько я понял, она ни в чем не виновата.

Ага, миссионера-проповедника сменил семейный психолог, а психолога — финансовый консультант, заботящийся о том, чтобы клиент не истратил впустую несуразно большие деньги.

Отвечаю, что готова идти на риск. Но почему тридцать грамм, а не десять?

— Это минимальное количество, за которое наступает уголовная ответственность. Это уже не хранение, а распространение. И наказание много строже. Вы уверены, что хотите этого? Потому что по дороге домой или к вашей сопернице вас могут задержать, а вы не сможете объяснить, откуда у вас наркотик.

А вот интересно, все наркодилеры такие или это мне так повезло? Я бы с удовольствием часами беседовала с таким всезнающим и опытным человеком. Да только вот беда: судя по всему, он человек еще и очень занятой. Просит меня вернуться сюда через полчаса с наличными. Иду к банкомату, сама удивляясь своей наивности. Ясно ведь, что наркодилеры свой товар в больших количествах с собой не носят. Иначе не были бы наркодилерами.

Когда возвращаюсь, он уже ждет меня на прежнем месте. Незаметно сую ему деньги, а он показывает мне на мусорную урну, стоящую на тротуаре невдалеке:

— Только, ради бога, будьте осторожны: ваша жертва может перепутать наркотик с каким-нибудь лекарством или приправой... Будет несчастье.

Нет, это просто гений предусмотрительности! Будь он президентом транснациональной корпорации, зарабатывал бы миллионы и акционеры бы его на руках носили. Я хочу продолжить разговор, но он уже отошел. Смотрю на урну. А что, если там ничего нет? Вряд ли... эти люди берегут свою репутацию и клиентов не надувают.

Подхожу и, оглянувшись по сторонам, достаю конверт из плотной коричневой бумаги, кладу его в сумку и, немедленно взяв такси, отправляюсь в редакцию. Я опять опаздаю.

* * *

У меня есть улика. Я заплатила бешеные деньги за нечто почти невесомое.

Но как узнать, не обманул ли меня дилер? Я должна убедиться в этом сама.

Беру напрокат два-три фильма, где главные герои предаются этому пороку. Мужа удивляет этот внезапный интерес.

— Ты, надеюсь, не собираешься попробовать?

Конечно нет! Мне это нужно по работе, для статьи. И скорей всего завтра я задержусь. Я решила написать о замке, где жил лорд Байрон, и мне нужно съездить туда. Прошу его не волноваться.

— Да я и не волнуюсь. И вообще, по-моему, с тех пор как мы побывали в Ньоне, наша жизнь наладилась. Нам надо больше ездить вместе. В следующий раз оставим детей моей матери. Я советовался с теми, кто разбирается в этом вопросе.

«Вопросом» он, судя по всему, называет мою депрессию. С кем же он говорил? С каким-нибудь приятелем, который развяжет язык, как только выпьет чуточку лишнего?

— Вовсе нет. С семейным психологом.

Вот ужас-то! Слова «семейный психолог» — было последнее, что я услышала от Якоба в тот ужасный день в Гольф-клубе. Может быть, они втихомолку общаются?

— Не исключено, что это я виноват в том, что произошло с тобой. Не уделял тебе того внимания, которого ты заслуживаешь. Всегда говорил только о работе или о предстоящих делах. Мы с тобой утратили романтизм, столь необходимый для счастливого супружества. Заниматься только детьми — недостаточно. Нам с тобой, пока мы еще молоды, нужно большее. Почему бы не съездить в Интерлакен — помнишь, это было наше первое путешествие после того, как мы познакомились? Мы можем подняться на Юнгфрау, полюбоваться пейзажем с высоты...

Семейный психолог! Вот его-то как раз мне и не хватало.

Разговор с мужем напомнил мне старую поговорку: «Хуже слепца тот, кто не хочет видеть».

Как он может думать, что отчуждение происходит по его вине. Откуда могла взяться у него эта безумная мысль, если обычно это я не принимаю его в постели, это я не раскрываю ему объятия?

Уже довольно давно наш секс утратил прежний накал. А меж тем для гармоничного супружества, для прочного брака это важнее, чем совместные планы на будущее или заботы о детях. Интерлакен запомнился мне прежде всего тем, что едва ли не все время мы проводили, запершись в номере отеля, — пили дешевое вино и занимались любовью.

Когда любишь человека, не можешь довольствоваться только познанием его души — непременно надо понять и его плоть. Так уж и непременно? Не знаю, но инстинкт ведет нас именно к этому. И нет здесь отмеренного времени, установленного часа или незыблемых правил. Ибо что может быть прекрасней нежданных открытий, когда первоначальная робость сменяется решимостью изведать и попробовать, а приглушенные стоны превращаются в несдерживаемые крики или ругательства. Да, именно так — когда мужчина овладевает мной, я всегда испытываю неутолимую жажду слышать «грязные» слова и непристойности.

В такие минуты неизбежно звучат вопросы типа: «Так хорошо?», «Быстрее или медленней?». Эти вопросы неуместны и несвоевременны, они беспокоят и отвлекают, но становятся частью инициации, познания и взаимного уважения. Когда возводится эта конструкция гармоничной интимной близости, они обязательно должны звучать. Ибо единственная замена им — безмолвная, лгущая фрустрация.

Потом мы вступаем в брак. И пытаемся вести себя по-прежнему, и иногда нам это удается: в моем случае удалось продержаться до тех пор, пока я не забеременела, что, впрочем, произошло довольно скоро. А потом внезапно сознаем, что все изменилось.

- Секс теперь происходит только по ночам и желательно — перед тем, как заснуть. Это становится чем-то вроде обязанности, которую супруги принимают на себя и выполняют, не спрашивая, как настроен партнер. Если нет секса, возникают подозрения, а потому лучше соблюдать ритуал.
- Если вышло не слишком удачно, ничего не говори, потому что завтра может быть лучше. В конце концов, мы женаты, и у нас впереди — целая совместная жизнь.
- Никаких поисков нового и внезапных открытий — мы пытаемся извлечь привычное наслаждение из привычных ситуаций. А это не то ли самое, что каждый день есть шоколад одного и того же сорта и вкуса: жертва, конечно, невелика, но неужели не существует ничего иного?

Да нет же, разумеется, существует: есть *игрушки*, продающиеся в секс-шопах, есть клубы свингеров, можно устроить «любовь втроем», можно отважиться на рискованные вечеринки у друзей, не признающих ханжеские условности.

Но для меня все это чересчур рискованно. Мы не можем предугадать последствий, а потому не лучше ли все оставить как есть?

И так проходят дни за днями. Из разговоров с друзьями узнаем, что одновременный оргазм — когда оба возбуждаются вместе, лаская друг друга и стеная в унисон — не более чем миф. Как я могу получить наслаждение, если должна внимательно следить за тем, что делаю? Куда естественней было бы — ласкай меня, доведи меня до исступления, а потом сделай то же самое с самим собой.

Но чаще всего так не бывает. Причащение должно быть «совершенным». Или никаким.

И поосторожнее со стонами — чтобы не разбудить детей.

Ах, как хорошо, что уже все, я так устал(а), сам(а) не знаю, как смог(ла). А все ты! Спокойной ночи.

Так продолжается до тех пор, пока супруги не уразумеют наконец, что пора как-то разбить эту рутину. Но вместо того, чтобы пойти в клуб свингеров, в секс-шоп, где столько всяких приспособлений — не сразу сообразишь, для чего и как ими пользоваться, — в гости к сумасбродным друзьям, неустанно ищущим что-то новенькое, мы решаем... провести время без детей.

Планируем романтическое путешествие. Без малейших неожиданностей. Такое, где все будет спланировано и организовано.

И еще считаем, что это прекрасная идея.

Создала фальшивый адрес электронной почты. Итак, у меня есть наркотик, должным образом опробованный (за пробой последовали клятвы никогда больше не делать этого, потому что ощущения были превосходные).

Знаю, как незаметно проникнуть в университет и оставить улику в столе Марианны. Осталось выяснить, какой ящик она не откроет — и это, пожалуй, самая рискованная часть моего плана. Но именно это посоветовал мне наркодилер, а мнение специалиста следует учитывать.

Помощи ни у кого из студентов попросить не могу, все придется делать самой. И мне теперь больше нечего делать, кроме как подпитывать «романтическую мечту» мужа да беспрестанно посылать Якобу смски с клятвами в любви и с надеждой на встречу.

Разговор с дилером натолкнул меня на счастливую мысль, и я немедленно стала проводить ее в жизнь — каждый день посылать признания в любви. Это может сработать двояко: во-первых, Якоб уверится, что чувства мои остались прежними и я нисколечко не обескуражена нашей встречей в Гольф-клубе. Во-вторых, расчет на то, что мадам Кёниг когда-нибудь все же поинтересуется, какие сообщения приходят на телефон ее мужа.

Захожу в Сеть, копирую то, что кажется мне разумным, нажимаю «отправить».

После выборов в Женеве ничего примечательного не происходит. Якоба не упоминают в прессе, и я понятия не имею, что с ним. Только одно будоражит общественное мнение в эти дни — надо или не надо отменить праздничную встречу Нового года?

Одни депутаты считают, что расходы слишком велики. Меня уполномочили выяснить поточней, какой смысл вкладывается в понятие «слишком». И я отправилась в префектуру и выяснила точную сумму — 115 тысяч франков. Ровно столько, сколько я и, например, коллега за соседним столом платим налогов.

Иначе говоря, на деньги, которые платят в виде налогов двое граждан, получающих приличное, но вовсе не заоблачно-высокое жалованье, власти могли сделать тысячи людей счастливыми. Как бы не так. Надо экономить, потому что неизвестно, что ждет нас впереди. Нельзя транжирить городскую казну. Зимой может не хватить соли, чтобы посыпать заснеженные мостовые, не давая снегу превратиться в лед. Тротуары нуждаются в ремонте — как, впрочем, и всегда: повсюду идут какие-то работы, причем никто не знает, какие и зачем.

А радость может подождать. Главное — сохранить видимость. А еще главнее — сделать так, чтобы никто не догадался, до чего же мы богаты.

Завтра мне рано вставать. От того, что Якоб игнорирует мои послания, я в конце концов невольно потянулась к мужу, стала чувствовать прежнюю близость. Тем не менее собираюсь осуществить задуманную месть.

Мне уже совершенно не хочется доводить начатое до конца, но я терпеть не могу бросать дело на полдороге. Жить — это значит принимать решения и быть готовым к их последствиям. Я давно не делала этого и, может быть, по этой самой причине сейчас, на рассвете, лежу без сна и смотрю в потолок.

Продолжать слать любовные послания человеку, который тебя отверг, — это зряшная трата времени и денег. И его счастье больше меня не занимает. На самом деле я хочу, чтобы он был несчастен, потому что я готова была отдать ему самое лучшее, что есть у меня, а он в ответ посоветовал обратиться к семейному психологу.

И потому я должна засадить эту ведьму за решетку, пусть даже мне придется сотни лет гореть за это в аду.

Должна? С чего я взяла, что должна? Я просто устала, очень устала и не могу уснуть.

«Замужние женщины сильнее страдают от депрессии, чем незамужние», сказано в статье, опубликованной сегодня в газете.

Читать не стала. Но какой же странный этот год — был и есть.

Моя жизнь была более чем благополучна, все шло в точности так, как мне мечталось когда-то в ранней юности, я была счастлива... и вот внезапно что-то случилось.

Это похоже на компьютерный вирус. Занесешь — и начинается медленное, но неуклонное разрушение. Программы виснут. И требуют больше памяти. Какие-то файлы — тексты, фотографии — исчезают бесследно.

Мы ищем причину и не находим ее. Спрашиваем у друзей, которые разбираются в этой премудрости лучше нашего, но и они не могут понять, в чем дело. А компьютер тормозит и, что называется, глючит, постепенно пустеет — и вот он уже не ваш. Им владеет теперь неопределимый вирус. Конечно, всегда можно сменить компьютер, но как быть с его содержимым — с тем, что хранится внутри и что мы столько лет старались держать в порядке? Неужто все пропадет?

Это несправедливо.

Происходящие события ни в малейшей степени не зависят от моей воли. Слепая, нелепая страсть к человеку, который, наверно, досадует сейчас на мою назойливость. Брак с человеком, который кажется мне близким, но никогда не показывает мне свои слабости и уязвимые места. Желание уничтожить человека, которого видела лишь однажды, причем — уничтожить под тем предлогом, что это покончит с призраками, обуревающими мою душу.

Принято говорить, что время лечит все. Это не так.

Судя по всему, время лечит лишь то приятное и хорошее, что нам бы самим хотелось сохранить навсегда. Время как бы говорит нам: «Не дай себя обмануть, вернись к действительности». И потому все, что я читаю, чтобы поднять себе настроение, остается со мной ненадолго. Мне кажется, что через какую-то образовавшуюся в моей душе дыру высасывается вся позитивная энергия, так что остается одна пустота. Я знаю эту дыру — я живу с ней уже несколько месяцев — но не знаю, как заделать ее.

Якоб советует мне обратиться к семейному психологу. Шеф считает, что я — великолепная журналистка. Сыновья замечают разницу в моем поведении, но ни о чем не спрашивают. Муж понял, что́ происходит, лишь в тот день, когда в ресторане я попыталась излить ему душу.

Взяв со столика у кровати айпад, я умножаю 365 на 70. Получается 25 550. Столько дней в среднем отпущено человеку. А сколько из них уже прожито без цели и смысла?

Люди, окружающие меня, постоянно жалуются: кто на что. «Работаю по восемь часов, а чтобы продвинуться по службе, буду работать все двенадцать». «После того как я вышла замуж, мне перестало хватать времени на саму себя». «Я обрела Бога и теперь должна ходить на все службы».

Все, что мы ищем с таким воодушевлением — любовь, работа, вера, — по достижении зрелости оборачивается неподъемным бременем.

Убежать от этого можно единственным способом — через любовь. Любить — значит превращать рабство в свободу.

Но сейчас я не способна любить. И чувствую одну лишь ненависть.

И, как ни чудовищно это звучит, она придает смысл моему существованию.

Я прихожу туда, где Марианна читает свои лекции по философии — к моему удивлению, дело происходит во флигеле, пристроенном к одному из корпусов женевской университетской клиники. И начинаю спрашивать себя: а может быть, этот пресловутый курс лекций, о котором она упоминает в своем резюме, — не курс и не лекций, а всего лишь какой-то факультатив, не представляющий собой никакой академической ценности?

Я припарковала машину на стоянке у супермаркета и, пройдя около километра, оказалась среди россыпи невысоких домиков на зеленом лугу у маленького озера. Стрелки-указатели. Здесь помещаются подразделения, которые хоть и кажутся разъединенными, на самом деле дополняют друг друга — отделение для престарелых и психиатрический интернат. Психиатрическая клиника размещается в красивом здании в стиле начала прошлого века, и там проходят обучение психиатры, психологи, психотерапевты со всей Европы.

Прохожу мимо странного сооружения, похожего на фонарь, какой ставят в конце взлетно-посадочной полосы. Чтобы понять, что это, приходится прочесть табличку. Оказывается, что это «Проход 2000», «визуальная музыка», сделанная из десяти барьеров, снабженных красными лампочками. Спрашиваю себя, не лечился ли автор композиции в этой клинике, но ниже читаю имя знаменитого скульптора.

Ну что ж, будем уважать искусство. Но только больше не пытайтесь внушить мне, будто мир не сошел с ума.

Время к обеду — и это единственное время, когда я принадлежу только себе. Самое интересное в моей жизни всегда происходит в обеденный перерыв — встречи с подругами, политиками, «источниками» и наркоторговцами.

Аудитории, наверно, пусты сейчас. Но я не могу направиться в университетский кафетерий, где Марианна — она же мадам Кёниг — так небрежно встряхивает своей белокурой гривой, пока студенты соображают, чем можно прельстить такую интересную профессоршу, а студентки любуются ею и считают эталоном ума, вкуса, элегантности и такта.

И потому я иду на рецепцию и спрашиваю, где ведет занятия мадам Кёниг. Мне отвечают, что сейчас обеденный перерыв (вот спасибо, а то я не знала!). На это говорю, что не хочу нарушать ее отдых, а потому лучше подожду у дверей аудитории.

Я одета просто, скромно и неброско — так, чтобы взглянуть на меня и сразу забыть. Подозрение могут вызвать только темные очки в такой пасмурный день. Но я даю понять, что только недавно сделала пластику.

И, удивляясь собственному самообладанию, иду туда, где проходят занятия. Я-то думала, что мне будет страшно, что откажусь от своей затеи, сверну на полпути — но нет. Я здесь и чувствую себя вполне уверенно. И если когда-нибудь решу написать о себе, то поступлю как Мэри Шелли с ее Виктором Франкенштейном — как и она, я всего лишь хотела избавиться от монотонности повседневья и отыскать оправдание моей тягостной, пресной, лишенной вызовов жизни. А результатом стало появление чудовища, способного покарать невиновных и спасти виноватых.

У всего на свете в этом мире есть своя темная сторона. Каждый из нас, живущих здесь, хотел бы попробовать абсолютную власть. Я читала страшные истории о пытках и войнах и вижу, что теми, кто, заполучив власть, причиняет ближним страдания, движет неведомый монстр, а вернувшись домой, эти злодеи становятся примерными супругами, нежными отцами и безупречными слугами отечества.

Вспоминаю внезапно, как еще в юности мой возлюбленный попросил, пока он в отъезде, приглядеть за его пуделем, а я, честно сказать, эту собачку ненавидела. Ненавидела за то, что должна была делить с ней внимание человека, которого любила. А я хотела, чтобы вся его любовь доставалась мне.

И вот в тот день я решила отомстить этой бессмысленной твари — она ничем не способствовала процветанию человечества, но, ровно ничего не делая, пробуждала к себе любовь и нежность. И я принялась изводить пуделя, причем так, чтобы не оставалось следов, — прикрепила булавку на конец половой щетки и колола его. Пудель взвизгивал, лаял, но я не унималась, пока мне это не надоело.

Вернулся хозяин, обнял и поцеловал меня как всегда. Поблагодарил за то, что заботилась о собаке. Мы занялись сексом, и жизнь продолжалась. Собаки ведь лишены дара речи.

Я думаю об этом сейчас, направляясь к аудитории. Как же я оказалась способна на такое? Да вот так и оказалась. Весь мир таков. Я видела, как мужья, обожающие своих жен, вдруг теряли голову и набрасывались на них с кулаками, чтобы потом, рыдая, вымаливать прощение.

Ибо невозможно постичь животное породы «человек».

Но зачем делать такую гадость Марианне, которая только в том и виновата, что однажды позволила себе разговаривать со мной свысока? Зачем разрабатывать хитроумный план, рисковать, покупать наркотик и пытаться подсунуть его в ящик стола?

Зачем? Затем, что она добилась того, чего не смогла добиться я, — внимания и любви Якоба.

По-моему, ответ исчерпывающий. Девяносто девять и девять десятых процента людей в такой ситуации сплели бы интригу.

Еще затем, что я устала жаловаться. Затем, что эти бессонные ночи сводят меня с ума. Затем, что мне в моем безумии хорошо и привольно. Затем, что меня не разоблачат. Затем, что я хочу перестать думать об этом как одержимая. Затем, что я серьезно больна. Затем, что я — не единственная. Если «Франкенштейн» по-прежнему продается, значит, все узнают себя в ученом и в его чудовищном творении.

Останавливаюсь. «Я серьезно больна». А вот это вполне вероятно. И, может быть, мне лучше уйти отсюда немедленно и обратиться к врачу. Да, я так и сделаю, но сначала должна выполнить задачу, которую перед собой поставила, пусть даже врач сообщит в полицию, защищая меня во имя сохранения профессиональной тайны, но одновременно желая избежать несправедливости.

Подхожу к дверям. Перебираю все те «затем», о которых размышляла по дороге сюда. Но все равно вхожу без колебаний.

И застываю, увидев, что у стола нет никаких ящиков. Просто деревянная доска-столешница на четырех точеных ножках. На него можно положить несколько книг, сумку — и все.

Надо было предвидеть это, думаю я, испытывая разом и облегчение, и досадливое разочарование.

Коридоры, еще несколько минут назад безмолвные и пустые, оживают: студенты возвращаются на занятия. Не оглядываясь, смотрю в ту сторону, откуда они должны появиться. В конце коридора — дверь. Открываю, выхожу и оказываюсь во дворе перед геронтологическим отделением клиники. Здание стоит на небольшом возвышении, у него массивные стены и — можно не сомневаться — отопление внутри работает идеально. Я захожу и в рецепции осведомляюсь о больном, фамилию которого только придумала. Мне сообщают, что такого здесь нет. Должно быть, лежит где-нибудь еще: в Женеве такие заведения — на каждом углу. Регистраторша предлагает поискать. Я отказываюсь, она настаивает:

— Мне это нетрудно.

Чтобы не навлечь на себя подозрений, соглашаюсь. Пока она занята со своим компьютером, беру со стойки книжку и начинаю перелистывать ее.

— Рассказы для детей, — говорит регистраторша, не отрываясь от монитора. — Пациенты обожают это.

Что же, это не лишено смысла. Открываю наугад и читаю:

Один мышонок очень боялся кота. Волшебник сжалился над ним и превратил его в кота. Тогда он стал бояться собаки, и волшебник превратил его в собаку.

Тогда он стал бояться тигра. Волшебник, не теряя терпения, применил свое искусство и превратил его в тигра. Но теперь ему внушал страх охотник. Волшебник наконец отчаялся, вернул мышонка в первоначальное состояние и сказал так:

— Как бы я ни старался, а помочь тебе не могу, потому что ты не принимаешь свой рост. Так что лучше будь тем, кем был всегда.

Регистраторша не может найти пациента — неудивительно: ведь его не существует. Извиняется. Поблагодарив, собираюсь уже уходить, но она, обрадованная, по всей видимости, что можно хоть с кем-то поговорить, спрашивает:

— Вы считаете, от пластики есть польза?

От пластики?! Ах, да. Я вспоминаю о маленьких кусочках пластыря, видного под моими темными очками.

— Многие наши пациенты сделали себе подтяжку и прочее. Я бы на такое не пошла. Если хотите знать мое мнение, нарушается равновесие между телом и разумом. — Я вовсе не интересуюсь ее мнением, но она, видно, обуяна сознанием своего гуманитарного долга и потому продолжает: — Старость особенно больно бьет по тем, кто считает, будто им подвластен бег времени.

Спрашиваю, кто она по национальности. Оказывается, венгерка. Я так и думала. Швейцарки никогда не высказывают свое мнение, пока их не спросят.

Благодарю ее и выхожу, сдирая полосочки пластыря. Маскарад помог, а план провалился. Кампус снова опустел. Сейчас все здешние обитатели прилежно постигают, как люди думают и как заставляют думать других.

Сделав длинную дугу, возвращаюсь туда, где оставила машину. Издали вижу корпуса психиатрической больницы. Может быть, мое место — там, за ее стенами?

И что же — у всех так? — спрашиваю я мужа, когда мы уже уложили детей и сами готовимся лечь спать.

— Что именно?

Так, как у меня: я чувствую себя то превосходно, то из рук вон скверно.

— Думаю, что да. Мы живем, постоянно следя за тем, чтобы чудовище не вырвалось из своего логова.

Да, это так.

— Мы — не такие, какими желаем быть. Мы — такие, каких требует общество. Такие, каких предпочли родители. Мы не хотим никого разочаровывать и испытываем неимоверную потребность в том, чтобы нас любили. И ради этого мы давим, душим все, что есть в нас лучшего. И постепенно свет наших мечтаний превращается во мрак наших кошмаров. Это — неосуществленные возможности, нереализованные мечты.

Насколько мне известно, в психиатрии раньше это называлось маниакально-депрессивным психозом, а сейчас, уступая требованиям политкорректности, — биполярным расстройством. Откуда взялось такое название? Разве между северным полюсом и южным есть какие-нибудь различия? Должно быть, у немногих...

— Ну, конечно, только у немногих ярко выражена эта двойственность. Но готов биться об заклад, что едва ли не каждый из нас носит этого монстра внутри себя.

Ну да, так оно и есть: с одной стороны — гадина, которая явилась на факультет, чтобы подстроить ловушку женщине, ни в чем перед ней не виноватой, да притом еще сама не может объяснить причин такой ненависти. С другой — мать и жена, которая самоотверженно и любовно обихаживает своих близких и тоже не понимает, где черпает силы, чтобы эти ее чувства не иссякли.

— Помнишь историю доктора Джекила и мистера Хайда?

Выходит, что не только «Франкенштейн» постоянно переиздается со дня своего выхода в свет: тем же путем движется и написанная Робертом Льюисом Стивенсоном за три дня история про доктора и монстра. Действие происходит в Лондоне, в XIX веке. Врач и исследователь Генри Джекил убежден, что в каждом человеке уживаются добро и зло. Он полон решимости доказать свою теорию, над которой потешаются все, включая отца его невесты Беатрикс. И в итоге напряженных трудов ему удается вывести формулу. Не желая никого подвергать риску, он ставит опыт на себе самом.

И вот проявляется его дьявольская ипостась — он называет ее «мистер Хайд». Джекилу кажется, что он контролирует все поведение Хайда, но вскоре понимает, что кругом обманут: когда мы выпускаем на волю таящееся в нас зло, оно постепенно уничтожает все то хорошее, что есть в нас.

И это касается всех и каждого. И особенно тиранов, которые поначалу руководствуются самыми благими намерениями, но потом, постепенно и ради свершения того, что кажется им добром и благом, прибегают к самому скверному, что есть в природе человеческой, — к террору.

Я растеряна и немного напугана. Неужели такое может произойти с любым?

— Нет. Лишь ничтожное меньшинство не имеет четкого представления о том, что правильно, а что неверно.

Не уверена, что это меньшинство так уж ничтожно: я прошла через нечто подобное в школе. Наш учитель, который казался нам самым лучшим человеком на свете, внезапно преобразился неузнаваемо, чем поверг меня в полное смятение. Все мы боялись его, потому что было совершенно неизвестно, что он выкинет в следующую минуту.

Но кто бы решился пожаловаться? Учитель всегда прав. Кроме того, мы думали, что у него какие-то домашние неприятности — они минуют, и он станет прежним. Так и шло, пока его персональный мистер Хайд не возобладал в нем и он не набросился на моего одноклассника. История дошла до директора, и учителя попросили уволиться.

А я с тех пор стала побаиваться чрезмерно ласковых людей.

— Как *вязальщицы*.

Да, как те бедные трудящиеся женщины, которые хотели хлеба и справедливости и сражались, чтобы избавить Францию от злоупотреблений монархии. Когда в стране начался якобинский террор, они первыми приходили на площадь, где стояла гильотина, занимали места в первых рядах и в ожидании казни вязали. Очень может быть, что это были матери семейств, нежно заботившиеся о детях и мужьях.

Они вязали, скрашивая время ожидания от казни до казни.

— Ты сильней меня. Я всегда завидовал этому. И, вероятно, поэтому я старался не показывать тебе своих чувств — боялся показаться тебе слабым.

Он сам не знает, что говорит. Но так или иначе, разговор уже окончен. И муж отворачивается и засыпает.

А я остаюсь одна со своей силой и гляжу в потолок.

На этой неделе я сделала то, чего клялась не делать никогда, — пошла к психиатру. Да не к одному.

Записалась на прием к троим. И то, что попасть удалось не сразу, свидетельствует о том, что в Женеве больше психически неуравновешенных людей, чем представляется. Я объясняла, что мне надо срочно, а секретарши отвечали, что очень сожалеют, но большой наплыв пациентов не дает им возможности назначить дату приема пораньше.

Я прибегла к безотказному приему — сказала, где я работаю. Магическое слово «журналистка» в сочетании с названием влиятельной газеты способно как отворить любые двери, так и захлопнуть их перед тобой. Но в данном случае я предчувствовала благоприятный результат. И мне назначили время консультации.

Я никого не стала предупреждать — ни мужа, ни шефа. И отправилась к первому психиатру: он оказался странноватым человеком и говорил с сильным британским акцентом. И когда он с ходу сообщил, что медицинская страховка его услуги не покрывает, возникло подозрение, что он практикует в Швейцарии нелегально.

Стараясь держаться как можно более спокойно, я объяснила, что со мной происходит. Вспомнила Франкенштейна и его монстра, доктора Джекила и мистера Хайда. Молила доктора помочь мне совладать с чудовищем, появившимся откуда ни возьмись и грозившим вырваться из-под моей власти. «Что вы ходите этим сказать?» — спросил тут доктор. Не вдаваясь в подробности, которые могли бы меня скомпрометировать, ни словом не упомянув, что хотела подбросить наркотики одной своей знакомой с тем, чтобы засадить ее в тюрьму, я сплела историю.

Объяснила, что у меня возникает желание убить мужа во сне. На вопрос, есть ли у меня или у него связь на стороне, ответила отрицательно. Доктор воспринял это как должное. Годичный курс лечения — три сеанса в неделю — на пятьдесят процентов ослабит во мне этот разрушительный инстинкт. А что, если я прикончу мужа, не дожидаясь, когда истечет год? — в ошеломлении спросила я. На это он ответил, что это «фантазии», «перенос» и что настоящие убийцы за помощью к врачам не обращаются.

Перед тем как отпустить с миром, он стребовал с меня 250 франков и велел записаться у секретарши на регулярные сеансы, начиная со следующей недели. Я поблагодарила, сказала, что сверюсь со своим рабочим расписанием, и закрыла за собой дверь в кабинет, чтобы никогда больше туда не возвращаться.

Вторым психиатром оказалась женщина. Она не возражала против страховки и была расположена выслушать все, что я имела ей рассказать. Я повторила свою историю о том, что хочу убить мужа.

— Ну, мне иногда тоже хочется убить мужа, — улыбнулась она. — Но ведь мы с вами знаем, что если бы все женщины исполняли свои тайные желания, наши дети росли бы безотцовщиной. Нормальное побуждение.

Нормальное?

После беседы, во время которой она объяснила мне, что я «угнетена замужеством», что у меня, без сомнения, «отсутствует пространство для роста», что моя сексуальность «провоцирует гормональные бури, многократно описанные в специальной литературе», она выписала мне рецепт на известный антидепрессант. И добавила, что пока он начнет действовать, я буду мучиться целый месяц, но потом все это сгладится и станет не более чем неприятным воспоминанием.

Само собой разумеется, — при том условии, что буду продолжать прием. И сколько же?

— Ну, это зависит от многих факторов. Думаю все же, что года через три сможете уменьшить дозу.

В страховой медицине есть один неприятный аспект — копию счета за консультацию пациенту присылают на дом. И по этой причине я расплатилась с доброй докторшей наличными и вышла из кабинета, снова поклявшись, что ноги моей здесь не будет.

И, наконец, третья консультация. Проходила она в кабинете, отделка и убранство которого стоили, надо думать, несусветных денег. Доктор — в отличие от двух своих предшественников — выслушал меня внимательно и вроде бы поверил, что я и в самом деле могу убить мужа. Да, существует риск этого, сказал он. Я — потенциальная убийца. Я утратила власть над чудовищем и уже не могу загнать его обратно в клетку.

И наконец со всевозможной деликатностью он осведомился, принимаю ли я наркотики.

Только один раз.

Он не поверил. Заговорил о другом. Мы обсудили конфликтные ситуации, в которые каждый из нас попадает ежедневно, а потом он все же вернулся к теме наркотиков:

— Вы должны доверять мне. Никто не останавливается на одном разе. Имейте в виду, что мы свято храним врачебную тайну. Я лишусь лицензии, если что-нибудь скажу об этом третьему лицу. Так что давайте начистоту — прежде чем назначить время следующей консультации. Поймите, не только вы принимаете или отвергаете меня как врача, но и я должен понимать, с каким пациентом буду иметь дело. Такова механика наших взаимоотношений.

Нет, повторила я. Я не употребляю наркотики. Закон не нарушаю и сюда пришла не затем, чтобы лгать. Я просто хочу как можно скорей решить проблему, пока она не причинила вреда тем, кого люблю и кто рядом.

На его красивом лице с бородой появилось выражение глубокой убежденности. И прежде чем ответить, он кивнул:

— Вы накапливали это напряжение годами, а хотите избавиться от него за ночь. Так не бывает. Ни психиатрия, ни психоанализ такого не умеют. Мы ведь не шаманы, которые магическими пассами и заклинаниями изгоняют злого духа.

Он, конечно, говорил с насмешкой, но подал мне замечательную мысль. А на помощь психиатров я решила больше не рассчитывать.

Post Tenebras Lux. После тьмы — свет.

Я стою перед старинной городской стеной, превращенной в монумент стометровой длины: высеченные из камня внушительные фигуры четырех мужчин окружены другими, помельче. Одно изваяние чуть выдвинуто вперед: бородатый человек держит в руках то, что в ту эпоху было оружием пострашнее нынешнего пулемета. Библия.

Стоя в ожидании, я думаю: если бы этот бородач посередине жил в наши дни, все — главным образом, французы, но и вообще католики всего мира — называли бы его террористом. Методы, которыми он внедрял и проводил в жизнь высшую в своем понимании истину, приводят на память извращенную тактику Усамы Бен Ладена. И тот, и другой преследовали одинаковую цель — создать теократическое государство, где все те, кто не исполняет Закон Всевышнего, беспощадно караются.

И тот, и другой, ни минуты не колеблясь, развязывали террор для достижения своих целей.

Этого человека звали Жан Кальвин, и полем его битвы была Женева. Сотни людей были осуждены на смерть и казнены здесь. Не только католики, отваживавшиеся сохранять веру предков, но и те ученые, которые в поисках истины и средств исцеления от разных болезней отказывались от буквального прочтения Священного Писания. Одним из жертв стал знамени тый Мигель Сервет, который открыл легочный круг кровообращения и был за это сожжен на костре.

Справедливо и правильно карать еретиков и хулителей веры. Карая их, мы не становимся соучастниками их преступлений. (...) Здесь нет воли человеческой, здесь глаголет Господь. (...) И, следовательно, если Он потребует от нас чего-то столь же важного, чтобы доказать, что мы воздаем Ему должное и служение Ему ставим превыше любых соображений человеческих, да не будут пощажены нами ни близкие, ни кровные, да будет отринута всякая человечность, коль скоро идет битва во славу Его.

Разрушение и смерть коснулись не одной Женевы: апостолы Кальвина (вероятно, это их изображают изваяния поменьше) несли его слово и его нетерпимость по всей Европе. В 1566 году в Голландии было разрушено несколько соборов и казнено много «мятежников» — то есть тех, кто исповедовал другую веру. Огромное количество произведений искусства погибло в огне: это называлось «борьбой с идолопоклонством». Значительная часть мирового культурного и исторического наследия была уничтожена и погибла навсегда.

А сегодня моим сыновьям в школе объясняют, что Кальвин — это великий просветитель и мыслитель, «освободивший» нас от католического гнета. Революционер, которому и грядущие поколения будут воздавать дань глубокого уважения.

После тьмы — свет.

Что творилось в голове этого человека? Страдал ли он бессонницей после того, как узнавал, что целые семьи вырезаны, что детей разлучают с родителями и что городские улицы залиты кровью? Или он был так непреложно убежден в своем предназначении, что места сомнениям не оставалось?

Считал ли он, что любовь может оправдать все, им содеянное? Ведь и я мучительно размышляю об этом же, и это — корень моих теперешних мучений.

Доктор Джекил и мистер Хайд. По свидетельству современников, Кальвин в обыденной жизни был добрый человек, способный следовать словам Иисуса и выказывать удивительное смирение, граничившее с самоуничижением. Его боялись, но любили — и этой любовью он умел воспламенять огромные массы народа.

Поскольку всем известно, что историю пишут победители, сейчас о его зверствах не вспоминают. Сейчас его воспринимают как лекаря, врачевавшего души, как великого реформатора, как человека, спасшего наш народ от католической ереси со всеми ее ангелами, святыми, приснодевами, с ее золотом, индульгенциями и мздоимством.

* * *

Мои размышления прерывает тот, кого я здесь поджидаю. Это кубинский шаман. Объясняю ему, что убедила моего шефа напечатать материал о нетрадиционных средствах борьбы со стрессом. Деловой мир в изобилии населен людьми, которые то проявляют редкостное великодушие, то в следующую минуту срывают злость на тех, кто не может им ответить. Люди делаются все менее и менее предсказуемыми.

К психиатрам и психологам — длинные очереди: они не в состоянии принять всех страждущих. А те не могут месяцы или годы ждать излечения своей депрессии.

Кубинец слушает молча. Спрашиваю, можем ли мы продолжить беседу где-нибудь в кафе — не разговаривать же на улице, тем более что уже довольно прохладно.

— Туча, — говорит он, согласившись на мое предложение.

Знаменитая женевская туча висит над городом до февраля — марта, и мистраль лишь изредка отгоняет ее: небо очищается, но температура падает.

— Как вы узнали про меня?

Рассказал человек из службы безопасности газеты. Главный редактор хотел, чтобы мы взяли интервью у психологов, психиатров, психотерапевтов — но ведь это уже было сто раз: сколько же можно? Надо что-то новенькое, свежее, вот и решили обратиться к нему.

— Соглашусь при условии, что вы не будете называть мое имя. То, чем я занимаюсь, не покрывается социальной страховкой.

Подозреваю, что на самом деле он хотел сказать: «То, чем я занимаюсь, — незаконно».

* * *

Говорю без умолку уже минут двадцать, стараясь, чтобы он освоился, однако кубинец все это время не сводит с меня изучающего взгляда. Он приземистый, смуглый, седеющий. На нем строгий костюм и галстук. Вот бы не подумала, что шаманы одеваются так.

Заверяю, что все, им рассказанное, будет сохранено в тайне. Нам просто любопытно узнать, многие ли прибегают к его услугам. Насколько я знаю, он наделен даром исцелять.

— Нет, это не так. Не наделен. Исцелить может только Господь.

Ладно, спорить не стану. Но ведь всегда встречаем такого, кто вдруг начинает вести себя странно — или непривычно. И всякий раз гадаем: что случилось с человеком, которого вроде бы знали так хорошо? Отчего он стал таким агрессивным? Что это? Стресс?

А на следующий день он вновь — такой, как всегда. Успокаиваемся, расслабляемся — но лишь до тех пор, пока он внезапно не выдернет у тебя ковер из-под ног в ту минуту, когда ты меньше всего этого ожидаешь. И на этот раз ты спрашиваешь себя не что с ним случилось, а — что ты сделал не так?

Кубинец хранит молчание. Я все еще не сумела завоевать его доверие.

Так это излечимо?

— Излечимо. Но лечить или не лечить — решает Господь.

Ну, разумеется, это я и сама знаю. Но как Он лечит?

— По-разному. Посмотрите мне в глаза.

Слушаюсь его и вскоре мне начинает казаться, что впадаю в подобие транса и не могу контролировать, куда я иду.

— Именем тех сил, что направляют меня, властью, дарованной мне свыше, я попрошу духов, оберегающих меня, чтобы разрушили жизнь твою и твоих близких, если решишь выдать меня полиции или донести в иммиграционную службу.

Он водит рукой вокруг моей головы, не дотрагиваясь до нее. Все это кажется мне настолько диким, что я хочу подняться и уйти. Но пока я соображала, кубинец уже стал прежним — не очень располагающим к себе и не очень отчужденным.

— Спрашивай. Теперь я доверяю тебе.

Я слегка напугана. Но в мои намерения не входило причинить какой-то вред этому человеку. Заказываю еще чашку чаю и объясняю кубинцу, в чем, собственно говоря, суть: врачи, у которых я якобы брала интервью, уверяют, что эффект от лечения проявится не сразу. Наш редакционный охранник, — продолжаю я, тщательно взвешивая слова, — высказался в том смысле, что Господь может использовать кубинца как канал, по которому придет избавление от моей депрессии.

— Мы сами устраиваем себе кавардак в голове. Смятение возникает внутри нас, а не приходит извне. И стоит лишь попросить помощи у духа-защитника, как он проникнет в душу и наведет в ней порядок, подобно тому, как прибирают в доме. Но никто не верит больше в таких духов. А меж тем они смотрят на нас со стороны, рвутся помочь, но их не зовут. Моя работа в том и состоит, чтобы приваживать их к тому, кто в них нуждается, и ждать, когда они сделают свое дело. Вот и все и не более.

А если предположить — чисто теоретически — что человек в один из таких периодов агрессивности разработает изощренно-хитроумный план, чтобы погубить другого. Скомпрометировать его, скажем. Испортить карьеру.

— Такое бывает сплошь и рядом.

Я сама знаю, что бывает, но вот когда эта агрессивность схлынет, когда человек вернется в нормальное состояние, его же сгрызет чувство вины. Разве нет?

— Сгрызет. Сгрызет непременно. И с течением времени это будет только ухудшать его состояние.

Значит девиз Кальвина «После тьмы — свет» — неправильный.

— Что?

Нет, ничего, не обращайте внимания. Я размышляю о монументе в парке.

— Да, есть свет в конце туннеля, если вы об этом. Но бывает порой, что человек, пройдя сквозь тьму на другую сторону, оставляет за собой неимоверные разрушения.

Я предлагаю вернуться к его методу.

— Это не мой метод. Его на протяжении столетий использовали для борьбы со стрессом, депрессией, раздражительностью, тягой к самоубийству и ко многому прочему, чем человек может навредить самому себе.

О, боже мой, кажется, я нашла того, кто мне нужен. Но нужно сохранить хладнокровие.

И это можно назвать...

— Самовнушением. Введением себя в транс. Медитацией. У каждой культуры свое название для этого. Но помните только, что Швейцарское медицинское общество косо смотрит на это.

Объясняю, что занимаюсь йогой, но все равно не могу ввести себя в такое состояние, чтобы проблемы свои сперва упорядочить, а потом решить.

— Мы говорим о вас или о вашем репортаже?

О том и о другом. Я поднимаю забрало, потому что знаю: для этого человека нет секретов. Я убедилась в этом, когда он попросил посмотреть ему в глаза. Объясняю, что его стремление остаться анонимом смешно и нелепо — многие знают, что он ведет прием у себя дома, в Верье. И многие — в том числе полицейские, отвечающие за безопасность заключенных в тюрьмах, — прибегают к его услугам. Так мне сказал наш охранник.

— Труднее всего вам даются ночи, — замечает он.

Да, так и есть. А почему бы это?

— Потому что ночь — всего лишь по природе своей — способна воскресить в нас детские страхи — боязнь одиночества, ужас перед неизвестным. И если нам удается справиться с ночными фантазмами, то мы легко побеждаем и те, что возникают при свете дня. И если мы не боимся тьмы, то это лишь благодаря тому, что мы — сторонники и союзники света.

Впечатление такое, что я сижу за партой, а учитель объясняет очевидное и элементарное. А интересно, он пустит меня к себе, чтобы совершить...

— Ритуал экзорцизма?

Я не думала об этом слове, но суть верна — мне требуется именно это.

— В этом нет необходимости. Я вижу в вашей душе много тьмы, но — и много света. И в вашем случае у меня нет сомнений, что свет в конце концов одолеет.

Я готова заплакать, потому что этот человек в самом деле и непостижимым образом проник в мою душу.

— Постарайтесь как-нибудь ночью, когда не можете заснуть, поглядеть на звезды и опьяниться ощущением бесконечности. Ночь при всем своем коварстве — это еще и путь к просветлению. Подобно тому, как темный колодец хранит в глубине воду, утоляющую жажду, ночь, тайной своей приближая нас к Богу, способна скрытым во тьме огнем воспламенить душу.

Мы говорим уже часа два. Он настойчиво повторяет, что мне не надо ничего, кроме умения отпускать себя, и что даже самые сильные мои страхи беспочвенны и неосновательны. Я описываю мое желание отомстить. Он слушает молча, не перебивая, не комментируя. И по мере того, как я говорю, мне становится легче.

Кубинец предлагает выйти и прогуляться по парку. На нескольких площадках земля расчерчена черными и белыми клетками и стоят огромные пластмассовые шахматные фигуры. Кое-кто играет, несмотря на холод.

Кубинец постоянно молчит — теперь без умолку говорю я, то благословляя, то проклиная свою жизнь. Мы останавливаемся перед одной из этих исполинских шахматных досок. Он, мне кажется, внимательней следит за игрой, нежели за моим рассказом. И я останавливаю поток жалоб и тоже начинаю смотреть, как разворачивается партия, хотя меня это совершенно не интересует.

— Иди до конца, — вдруг говорит он.

Идти до конца? Изменить мужу, подбросить наркоту сопернице и вызвать полицию? Он это имеет в виду?

Слышу его смех.

— Видишь этих шахматистов? Они постоянно должны делать следующий ход. Они не могут остановиться на полдороге — это будет равносильно поражению. В какой-то миг оно становится неминуемым, но, по крайней мере, они сражались до конца. У нас уже есть все, что нужно. Ничего не надо улучшать. Очень глупо считать, что мы хороши или дурны, праведны или грешны. Мы знаем, что над Женевой сегодня висит туча, которая рано или поздно — пусть даже через несколько месяцев — уйдет. А потому иди вперед и дай себе волю.

И он ни единым словом не возразит против того, что я задумала? Не помешает мне сделать то, чего делать не нужно?

— Нет. Ты сама должна понимать, что нужно и чего не нужно делать. Как я тебе сказал в ресторане, света в твоей душе больше, чем тьмы. Но, чтобы он возобладал, ты должна довести партию до конца.

Думаю, что еще никогда в жизни не получала я такой нелепый совет. Говорю спасибо за то, что уделил мне время, спрашиваю, сколько я должна. «Нисколько», отвечает он.

* * *

Когда я возвращаюсь в редакцию, шеф интересуется, где это я пропадала. Объясняю, что тема — нерядовая и мне с трудом удалось получить необходимые объяснения.

— И что же — из-за того, что тема нерядовая, мы будем поощрять незаконную медицинскую практику?

А что мы поощряем, когда травим слезоточивым газом молодежь, протестующую против общества потребления? А когда расписываем достоинства новых автомобилей, способных мчать со скоростью 250 км/ч, не поощряем ли автокатастрофы? И не поощряем ли тягу к самоубийству и депрессию, когда публикуем статьи о людях, достигших успеха и процветания, забывая при этом сообщить, как именно им это удалось, и тем самым заставляем всех остальных чувствовать себя полными ничтожествами?

Шеф-редактор не желает вступать со мной в продолжительные дискуссии. Разве это может представлять интерес для газеты, главный материал которой был — «Благодаря *Цепочке счастья* удалось собрать восемь миллионов франков для азиатской страны»?

Пишу статейку на шестьсот слов — меня предупредили, что это максимальный объем, — всю состоящую из надерганных из интернета сведений. Потому что из разговора с шаманом, превратившегося в консультацию, мне не удалось использовать ничего.

Якоб!

Да, он воскрес и вот — только что прислал мне приглашение сходить в кафе: как будто в жизни мало других, куда более интересных занятий. Куда девался искушенный гурман и знаток вин? Где мужчина, владеющий сейчас самым сильным афродизиаком на свете — властью?

И, главное, где тот влюбленный в меня мальчик, которого я знала в те времена, когда все еще было возможно для нас обоих?

Он женился, он изменился и теперь присылает мне смску с приглашением в кафе. Неужели нельзя было пришпорить воображение и позвать меня хотя бы на марафонский забег нудистов в Шамони? Быть может, это было бы несколько занимательней.

Даже не подумаю отвечать ему. Я оскорблена и унижена его молчанием, длившимся несколько недель. Он думал, что стоит ему лишь свистнуть — и я, в восторге от такой чести, прибегу на зов?

Уже в постели я слушаю (через наушники) запись моего разговора с кубинцем. Еще в той части беседы, где я притворяюсь, что беру у него интервью (тогда как я не журналистка, а женщина, которая сама себя боится), спрашиваю, можно ли самогипнозом (или, как он предпочитает говорить — «медитацией») заставить себя забыть кого-либо. Я дала понять ему, что речь идет о любви или о «травме, нанесенной словесной агрессией».

— Тут мы вступаем на зыбкую почву, — ответил он. — Да, мы можем вызвать у себя частичную амнезию, но поскольку ваш обидчик связан со многими другими явлениями и событиями, то практически невозможно изгладить память о нем полностью. Кроме того, забыть — это неверное решение. Верное — противостоять ему.

Я дослушиваю всю запись до конца, пытаясь как-то отвлечься, записываю предстоящие дела в ежедневник, сама себе обещаю, что — нет... Ничего не помогает. Перед тем как заснуть, сообщаю Якобу, что принимаю приглашение.

Я не владею собой — в том-то и беда моя.

— Не буду говорить, что скучал по тебе, потому что ты не поверишь. Не буду говорить, что не отвечал на твои смски, потому что боюсь снова влюбиться в тебя.

Я и в самом деле не поверила бы ни тому, ни другому. Но не перебиваю его — даю возможность объяснить необъясняемое. Сейчас мы сидим с ним в ничем не примечательном кафе в Коллонж-су-Салеве, деревне на границе с Францией, и при этом — в четверти часа езды от моей редакции. Посетителей мало — это либо водители-дальнобойщики, либо рабочие с каменоломни, расположенной невдалеке.

Я здесь — единственная женщина, если не считать чрезмерно накрашенной хозяйки, которая ходит меж столиков и пошучивает с клиентами.

— С тех пор как ты опять возникла в моей жизни, он стала сущим адом. С того дня, когда ты пришла в мой кабинет брать у меня интервью и мы...

«Мы» — это чересчур сильно сказано. Я сделала ему минет. А он мне — ничего не сделал.

— Я не могу сказать, что несчастен, но одиночество мое все глубже, хоть никто об этом не знает. Даже когда я сижу с друзьями, когда обстановка располагает, а пьется так вкусно, и беседа клеится, и я улыбаюсь, то вдруг ловлю себя на том, что разговор скользит мимо и я не улавливаю его суть. Обычно я ссылаюсь на важную встречу и ухожу. И я знаю, чего мне не хватает. Тебя.

Настал час отмщенья. А тебе не кажется, что тебе нужен семейный психолог?

— Кажется. Но на консультацию надо идти вместе с Марианной, а подвигнуть ее на это я не могу. Она считает, что философией можно объяснить все. Она заметила, конечно, что я переменился, но объясняет это выборами.

Кубинец был прав, когда говорил, что некоторые вещи следует доводить до конца. Вот только что сию минуту Якоб спас свою жену от серьезной уголовной статьи за распространение наркотиков.

— Круг моих обязанностей расширился, а я еще не освоился с этим. Марианна считает, что скоро привыкну. А ты?

Что «я»? Что именно его интересует?

Мои попытки сопротивляться провалились в тот самый миг, как я увидела Якоба — он сидел один, за угловым столиком со стаканом «кампари-сода» в руке, с улыбкой на губах, которая стала шире, когда он заметил меня в дверях кафе. Мы с ним снова стали подростками, только теперь можем заказывать спиртное на законных основаниях. Я сжимаю его руки и чувствую, что они ледяные — от холода или от страха?

Я — хорошо. Надеюсь, в следующий раз мы встретимся пораньше — сейчас стало рано темнеть. Он соглашается, целует меня в губы, стараясь, чтобы этого не заметили окружающие.

— Для меня, знаешь... хуже нет этих чудных солнечных осенних дней... Отдергиваю штору на окне в своем кабинете и вижу прохожих на улице... Парочки идут, взявшись за руки, и не заботятся о последствиях. А я свою любовь должен скрывать.

Любовь? Неужели кубинский шаман пожалел меня и попросил помощи у духов?

Чего угодно я ожидала от нашей встречи, но только не того, что он будет изливать мне душу, как это происходит сейчас. Сердце у меня бьется все сильнее, все чаще — от радости, от удивления. Я не буду спрашивать ни у Якоба, ни у самой себя, как это так вдруг случилось, почему происходит сейчас.

— Понимаешь, это не зависть к чужому счастью. А просто я не могу в толк взять, почему другие могут быть счастливы, а я нет.

Он платит по счету (в евро), мы переходим границу и пешком направляемся к нашим машинам, припаркованным на другой стороне улицы, то есть в Швейцарии.

И вот уже нет больше места для демонстрации нежных чувств. Мы прощаемся традиционным троекратным поцелуем и разъезжаемся — каждый в свою сторону.

Точно так же, как тогда у Гольф-клуба, я, подойдя к машине, понимаю, что вести не смогу. Надвигаю капюшон, спасаясь от холода, и медленно, куда глаза глядят, бреду по этой деревушке. Вот почта, вот парикмахерская. Вижу открытый бар, но не захожу, а продолжаю идти — ходьба отвлекает. Мне нисколько не хочется разбираться в том, что происходит. Хочу лишь, чтобы это происходило.

«Отдергиваю штору на окне в своем кабинете и вижу прохожих на улице... Парочки идут, взявшись за руки, и не заботятся о последствиях. А я свою любовь должен скрывать», — сказал он.

А когда я чувствовала, что никто, ни один человек на свете — ни шаманы, ни психоаналитики, ни мой муж — не мог понять, появился ты, словно именно для того, чтобы объяснить мне...

Что это — одиночество, хотя я окружена дорогими мне людьми, которые тревожатся из-за меня и хотят мне добра, но пытаются помочь мне потому лишь, что испытывают то же самое чувство — чувство одиночества — и потому, что на их участии и поддержке раскаленным железом выжжены слова: «Я — полезен, хотя и одинок».

И пока разум твердит, что все хорошо, душа как потерянная мыкается в смятении, не понимая толком, отчего она так несправедлива к жизни. Однако утром мы просыпаемся, начинаем пестовать детей, обихаживать мужа, любовника, начальство, сослуживцев, студентов — те десятки людей, что наполняют жизнью обычный день.

И у нас на устах — неизменная улыбка и бодрые слова, потому что никому не дано объяснить, что такое одиночество — особенно если по видимости он вовсе не одинок, а, скорее, наоборот. Но от того одиночество не исчезает и пожирает лучшее, что есть в нас — нам ведь требуется вся наша энергия, чтобы казаться счастливыми, хоть самих себя обмануть не удается никогда. Но мы упорно демонстрируем окружающим лишь розу, которая распускается утром, и старательно прячем глубоко внутри себя ее шипастый стебель, наносящий нам кровоточащие раны.

И хотя мы знаем, что все в какие-то минуты погружаются в беспросветное одиночество, нам унизительно произнести: «Я — один, мне нужно общество, я должен убить это чудовище, подобное сказочному дракону, про которого все знают, что он — выдумка, меж тем как он существует». Я жду, когда чистый помыслами доблестный рыцарь придет во славе своей, чтобы одолеть его и окончательно низвергнуть в бездну. Но рыцарь все не появляется.

И все равно надежды терять нельзя. И мы начинаем делать такое, к чему не привыкли, и отваживаемся на то, что лежит за рамками необходимого и уместного. А шипы у нас внутри растут, впиваются все больней — но мы не можем остановиться на полпути. И жизнь становится бесконечной шахматной партией, и все смотрят на доску в ожидании результата. Мы делаем вид, будто он нам безразличен, а важен лишь процесс игры, мы из кожи вон лезем, чтобы спрятать поглубже или затушевать наши истинные чувства, и тогда...

...И тогда вместо того, чтобы искать общение, мы еще больше замыкаемся в себе и в тишине зализываем свои раны. Или ходим на званые ужины и обеды и встречаемся там с людьми, не имеющими никакого отношения к нашей жизни, и проводим время в бессмысленных и никчемных разговорах. И так отвлекаемся на какое-то время, пьем и веселимся, однако дракон жив по-прежнему. До тех пор, пока по-настоящему близкие не заметят: «Что-то совсем не так» и не примутся винить себя в том, что не сумели сделать нас счастливыми. И они спрашивают, в чем дело. А мы отвечаем — ни в чем, все хорошо. Меж тем все совсем даже не хорошо.

Все просто отвратительно. Пожалуйста, оставьте меня в покое: мне кажется, что мне нечем плакать больше и нечему болеть там, где была душа, у меня остались только бессонница, пустота, апатия... Да и у вас тоже, если спросите себя. Но люди не унимаются и твердят, что это всего лишь такой трудный период или приступ депрессии, потому что боятся употребить точное слово, проклятое слово «одиночество».

Тем временем мы продолжаем неустанно рыскать в поисках того единственного, что принесет нам счастье. И спрашивать: «Где же тот рыцарь в светозарных доспехах, который убьет дракона, сорвет розу и удалит с ее стебля шипы?»

Многие полагают, что мы несправедливы к своей жизни. Другие радуются, считая, что мы по заслугам одиноки и несчастливы, и в этом есть высшая справедливость, ибо у нас якобы есть все, а у них — ничего.

Но в один прекрасный день слепые начинают прозревать. Плачущие утешены. Страждущие спасены. Приедет рыцарь и всех нас спасет, и жизнь снова оправдается...

Но все равно ты должен лгать и обманывать, потому что к этому времени обстоятельства уже изменились. Кому из нас не хотелось все бросить и отправиться на поиски своей мечты? А достижение ее всегда связано с риском и не дается даром: в одних странах за это побивают камнями, в других расплачиваешься социальным изгойством и всеобщим отчуждением. Но она, цена эта, существует всегда. Если даже ты будешь по-прежнему лгать и притворяться, а люди — делать вид, что продолжают верить тебе, они будут перешептываться у тебя за спиной и говорить про тебя гадости и опасаться тебя. Это ведь только к супружеским изменам мужчины общество относится снисходительно, если не восхищенно, а ты — женщина, совершившая прелюбодеяние, обманывающая мужа, который всегда относился к тебе с таким пониманием и любовью...

Но ты одна знаешь, что этот самый муж не смог уберечь тебя от одиночества. Потому что не хватает чего-то, а чего именно — ты и сама не в силах объяснить, тем более что ты любишь его и не хочешь терять. Но все же рыцарь в сверкающих доспехах, обещающий приключения в дальних краях, оказывается гораздо сильнее, чем желание, чтобы все оставалось как было, пусть даже на званых вечерах и семейных торжествах гости провожают тебя взглядами и шепчут друг другу, что такой, как ты, надо бы жернов на шею — да в море, чтоб не подавала другим такой плохой пример.

И в довершение бед твой муж сносит все это молча. Не жалуется, не устраивает сцен. Понимает, что это пройдет. Ты сама знаешь, что пройдет, но сейчас *это* сильнее тебя.

И вот так продолжается месяц... два... год. Все терпят и молчат.

Но о том, чтобы покаяться, попросить прощения, и речи нет. Оглядываясь, ты видишь, что когда-то вела себя точно так же, как те, что ныне осуждают тебя. Тоже осуждала неверных жен и думала, что, живи они в другой стране, их побили бы камнями. Пока это не случилось с тобой. И ты придумываешь миллион оправданий, говоря, что имеешь право быть счастливой, пусть хоть ненадолго, потому что рыцари, которые убивают драконов, бывают только в сказках. Настоящие драконы не погибают никогда, но, тем не менее, у тебя есть право и обязанность хотя бы раз в жизни прожить наяву сказку для взрослых.

Потом приходит минута, которую ты хотела избежать любой ценой, которую оттягивала всеми силами: минута, когда надо принять решение — продолжать ли жить вместе или расстаться навсегда.

Следом приходит страх совершить ошибку, какое бы решение ни было принято. И ты из кожи вон лезешь, чтобы кто-то принял его за тебя, чтобы тебя выгнали из спальни или даже из дому, потому что продолжать это невозможно. И вот ты уже не один человек: ты раздваиваешься, растраиваешься, и все твои ипостаси разительно отличаются друг от друга. С тобой такое происходит впервые, и ты не знаешь, как быть, что выбрать. Но факт остается фактом: ты попала в такую ситуацию, где страдать будет один человек, или два, или все вокруг...

Но прежде всего она уничтожит тебя саму, каков бы ни был твой выбор.

Уличное движение замерло почти полностью.

Женева, где не больше 200 тысяч жителей, ведет себя как центр мироздания. И те, кто верит в это, прилетают сюда из своих стран и проводят здесь то, что называется «встречами на высшем уровне». Но происходят они обычно в окрестностях и потому не влияют на уличное движение. Самое большее — в небе над городом кружат вертолеты.

Уж не знаю, что за событие имеет место сегодня, но один из наших центральных проспектов перекрыт. Я читала сегодняшние газеты, но в них нет ничего о местных, муниципальных новостях. Знаю, что великие мировые державы прислали своих представителей обсудить «на нейтральной территории» нераспространение ядерного оружия. Какое отношение это имеет к моей жизни?

Самое непосредственное. Я рискую опоздать. Надо было, конечно, воспользоваться муниципальным транспортом...

* * *

Каждый год в Европе тратится примерно 80 миллионов долларов на частных детективов, которые обязаны следить, фотографировать и предоставлять доказательства супружеской измены. Пока весь континент в кризисе, пока предприятия закрываются или проводят массовые сокращения персонала, рынок неверности переживает бурный рост.

В выигрыше — не только детективы. Программисты изобретают разные приложения для телефонов вроде «СОС — Алиби». Устроено очень просто: в определенный час хитроумный гаджет сам отправляет вашей половине нежное послание. И пока вы лежите в постели и пьете шампанское, он известит, что вы сегодня задержитесь на службе из-за неожиданного совещания. Другое устройство предлагает серию извинений по-французски, по-немецки или по-итальянски, и вы можете выбрать то, что вам сегодня больше подходит.

Кроме детективов и компьютерщиков, процветают также и отели. Поскольку, по данным официальной статистики, каждый седьмой швейцарец состоит во внебрачной связи, то можно говорить о том, что 450 тысяч человек ищут места для тайных встреч. Чтобы привлечь клиентуру, управляющий одним фешенебельным отелем однажды объявил: «Наша система позволяет сделать так, что в распечатке транзакций будет указано — эти средства списаны с вашей кредитки за обед в нашем ресторане». И заведение сделалось любимым местом для тех, кто в состоянии платить 600 швейцарских франков в день. Именно туда я и направляюсь сейчас.

Полчаса нервотрепки — и вот я наконец отдаю ключи от машины служащему на отельной парковке и бегом поднимаюсь в номер. Благодаря смс я точно знаю, куда мне идти, и могу ничего не спрашивать у стойки портье.

Между кафе на границе с Францией и тем местом, где нахожусь сейчас, ничего не было и не потребовалось ничего — ни объяснений, ни клятв в вечной любви, ни еще одной встречи — чтобы мы оба непреложно уверились, что это именно то, чего мы хотим. Мы оба опасались, что если будем слишком много размышлять на эту тему, можем отступить, а потому решение было принято без долгих выяснений как, что и почему.

Нет больше осени. На дворе опять весна, и мне снова шестнадцать лет, а Якобу — на год меньше. Я непостижимым образом вновь обрела девственность — пусть только душевную, раз уж физическая исчезла навсегда. Мы целуемся, и я думаю: «Боже мой, я и забыла, что это такое». Прежде я жила в постоянных попытках добиться того, чего хотела, в раздумьях о том, что и как сделать, когда остановиться — и безропотно принимала такое же отношение мужа. И все это было неправильно. И один не отдавался целиком и полностью другому.

Может быть, Якоб сейчас остановится. Мы с ним никогда не заходили дальше поцелуев — длительных и приятных — которыми обменивались где-нибудь в укромном углу, где нас никто не видел. Хотя моим заветным желанием было — чтобы все видели нас и мне завидовали.

Он не останавливается. Я чувствую горьковатый вкус его языка — это смесь табака и водки. Я стесняюсь, я испытываю неловкость и думаю, что мне бы тоже надо выкурить сигарету и выпить — чтобы мы были на равных. Я мягко отстраняю его и подхожу к мини-бару. Одним глотком опорожняю маленькую бутылочку джина. Спирт обжигает мне гортань. Прошу сигарету.

Он протягивает мне пачку, не забыв предварительно напомнить, что в номере курить запрещено. Какое наслаждение — перейти все рубежи, нарушить все правила, включая и такое дурацкое, как это. Затягиваюсь — и мне сейчас же делается дурно. Не знаю уж, от джина или от табака, но так или иначе — я едва успеваю добежать до унитаза. Якоб идет следом, обхватывает меня за плечи, целует в затылок и в уши, тесно приникает ко мне, так что я ощущаю задом его отвердевшую плоть.

Где они, моральные мои принципы? Выдержит ли моя голова, когда я выйду отсюда и вернусь к своей прежней жизни?

Он тянет меня назад, в номер. Поворачиваюсь к нему лицом, снова целую его, ощущая на языке вкус его горьковатой от водки и табака слюны. Кусаю его губы, а он дотрагивается до моей груди — впервые в жизни. Сдергивает с меня одежду и швыряет ее в угол. На долю секунды немного стыжусь своего тела — я ведь уже не та девочка-школьница, весна моя осталась позади. Мы стоим посреди комнаты. Шторы раздвинуты, и озеро Леман служит естественной преградой меж нами и обитателями домов на другом берегу.

Но я предпочитаю воображать, что кто-то смотрит на нас из окон, и это возбуждает меня сильнее, чем его поцелуи. Я чувствую себя готовой на все бродяжкой, проституткой, которую топ-менеджер снял и привел в отель.

Но это ощущение длится недолго. И вот я снова — девчонка пятнадцати лет, несколько раз в день мастурбировавшая с мыслями о нем. Прижимаю его голову к своей груди, шепчу, чтобы укусил сосок, и вслед за тем вскрикиваю от боли и наслаждения.

Он еще одет, а я — совсем голая. Тяну его голову вниз, к лобку, прошу поласкать меня *там*... Но в этот миг он бросает меня на кровать, срывает с себя одежду и наваливается сверху. Руки его при этом что-то ищут на прикроватном столике. И от этого мы теряем равновесие и скатываемся на пол. Лиха беда начало, как говорится: да, мы начинающие и не стыдимся этого.

Вот он нашел наконец то, что искал. Презерватив. Просит, чтобы я надела его ртом, и я не слишком споровисто и, наверно, неловко берусь за дело. Не понимаю, зачем предохраняться. Не верю, что он думает, будто я больна или путаюсь со всеми подряд. Но исполняю его желание. Чувствую во рту неприятный вкус смазки, покрывающей латекс, но исполнена решимости научиться делать это. Не могу допустить, чтобы он догадался: я впервые в жизни пользуюсь кондомом.

По завершении операции он переворачивает меня к себе спиной и просит стать на четвереньки. О боже! Это свершается! И я счастлива по этой причине, — проносится у меня в голове.

Но он вместо того, чтобы проникнуть во влагалище, начинает стучаться в другие двери. В страхе спрашиваю: «Что ты делаешь?!», но, не отвечая, он опять нашаривает что-то на тумбочке. Я понимаю, что это вазелин или что-то подобное. Затем он требовательно говорит, чтобы я возбуждала себя, и очень медленно входит в меня.

Я покорно делаю все, что он говорит, и опять чувствую себя девчонкой, для которой секс — запретный плод. Мне больно. Ах, боже мой, как больно! Я не могу больше мастурбировать, я только вцепляюсь в простыни и закусываю губы, чтобы не кричать.

— Говори: «Мне больно!» Говори: «Я никогда прежде не делала этого!» Кричи! — приказывает он.

И снова я повинуюсь. Это почти чистая правда — делала всего раза четыре-пять и удовольствия так и не получила.

Его движения становятся все стремительней и размашистей. Он стонет от наслаждения. Я — от боли. Он ухватывает меня за волосы, как лошадь — за гриву, наращивает темп скачки. Рывком выходит из меня, сдергивает презерватив, разворачивает к себе лицом и кончает мне на лицо.

Он пытается сдержать стон, но, видно, самообладание изменяет ему. Он опускается на меня, придавливая своим телом. Я одновременно и испугана, и одурманена всем этим. Он уходит в ванную, выбрасывает презерватив, возвращается.

Вытягивается на кровати рядом со мной, закуривает, а вместо пепельницы ставит мне на живот пустую рюмку. Там мы лежим довольно долго, не произнося ни слова и глядя в потолок. Он поглаживает меня. Вместо неистового самца, каким он был несколько минут назад, я вижу того романтического юношу, который в школе рассказывал мне о галактиках и своем увлечении астрологией.

— От нас не должно пахнуть ничем посторонним.

Его слова безжалостно и грубо возвращают меня к действительности: по всему видно, у Якоба есть коекакой опыт подобных свиданий. Оттого и презерватив, и старания сделать так, чтобы все оставалось как было. Затаив в душе ненависть, я беззвучно проклинаю его, но все же растягиваю губы в вымученной улыбке и спрашиваю, есть ли у него какой-нибудь дезодорант.

Он отвечает, что достаточно будет по возвращении домой принять ванну. А до тех пор не обнимать мужа. Еще советует переодеться, потому что вазелин оставляет следы на белье.

— Если муж будет дома, вбеги и говори, что тебе срочно-срочно надо в уборную.

Мне тошно от этих слов. Я столько времени готовилась показать себя тигрицей, а меня употребили как кобылу. Но такова жизнь: действительность бесконечно далека от романтических юношеских бредней.

Ладно. Так и сделаю.

— Я хотел бы еще с тобой увидеться.

Раз — и готово! Хватило этой простой фразы, чтобы превратить в рай то, что казалось адом, ошибкой, опрометчивым шагом. Да, я бы тоже хотела встретиться с тобой еще. Сегодня я стеснялась и робела — в следующий раз будет лучше.

— Да ну что ты, все было прекрасно.

Да, все было прекрасно, но я лишь сейчас осознаю это. Мы оба знаем, что эта история обречена, что близок ее неминуемый конец, но это сейчас неважно.

Больше ничего не стану говорить. Использую сполна последнюю минуту рядом с ним — дождусь, когда он докурит, оденусь и выйду из отеля первой.

Выйду через ту же дверь, что и вошла.

Сяду в ту же машину и уеду туда же, куда возвращаюсь каждый вечер. Вбегу в дом, говоря, что у меня расстройство желудка и мне срочно нужно в уборную. Потом приму душ, уничтожу ту малую малость, что оставалась от него во мне.

И лишь потом обниму детей и мужа.

В том номере мы не были двумя людьми с одинаковым намерением.

За моей спиной стоял незавершенный роман; Якоб был движим охотничьим инстинктом.

Я искала одноклассника, мальчика времен моей ранней юности, Якоб — ту привлекательную и раскованно-дерзкую женщину, которой давал интервью перед выборами.

Я верила, что моя жизнь сможет обрести иной смысл; Якоб ухватился за возможность провести время несколько иначе, нежели в усыпительных и нескончаемых дискуссиях в Федеральном совете.

То, что для него было всего лишь развлечением, пусть и рискованным, для меня оказалось непростительно жестоким проявлением себялюбия и нарциссизма.

Неверность мужчины коренится в его генетической системе. А женщина изменяет, потому что не обладает должным достоинством и, отдавая свое тело, отдает неизменно и частицу своего сердца. А это — настоящее преступление. Это хуже, чем ограбить банк, потому что если когда-нибудь измена вскроется (а она вскроется непременно), то нанесет семье ущерб невосполнимый.

Для мужчины это — всего лишь «дурацкая ошибка». Для женщины — духовное убийство всех, кто окружает ее нежностью, кто поддерживает ее как мать и жену.

И мне легко представить себе, как Якоб лежит рядом с Марианной — в точности так, как я лежу сейчас рядом с мужем. Он озабочен совсем другим — перебирает в голове намеченные на завтра дела, встречи, переговоры, плотнейший рабочий график. А я, дурища, гляжу в потолок и вспоминаю каждое мгновение сегодняшнего свидания, снова и снова прокручиваю этот порнофильм, в котором сыграла главную роль.

Вспоминаю, как, глядя в окно, захотела, чтобы кто-нибудь подсматривал за нами в бинокль и, быть может, возбуждался при виде того, как меня, униженную, покорную, употребляют в зад. Как меня заводила мысль об этом! Просто сводила с ума и поворачивала какой-то совершенно неведомой до сей поры гранью...

Мне тридцать один год. Я давно уж не ребенок и была уверена, что ничего нового мне уже о себе узнать не доведется. Вышло не так. Я оказалась тайной для себя самой, я открыла какие-то шлюзы и собираюсь идти дальше и испытать все, о чем прежде только слышала или читала — мазохизм, групповой секс, фетиши, словом, все-все!

И я не могу сказать: «Больше не хочу. Я не люблю его. Все это была игра воображения, порожденная моим одиночеством».

Может, я и вправду не люблю его. Люблю не его — люблю то, что он сумел пробудить во мне. Он обращался со мной без капли уважения, он растоптал мое достоинство и, не смущаясь, сделал именно то, что хотел, пока я в очередной раз старалась доставить кому-нибудь радость.

И мое сознание двинулось куда-то и оказалось в каком-то тайном и неведомом месте. На этот раз я стану госпожой. Я, возможно, еще увижу его наготу, но теперь уже я буду приказывать, я привяжу его за руки и за ноги к кровати, сяду ему на лицо и заставлю вылизывать до тех пор, пока бесчисленные оргазмы не доведут меня до изнеможения. Вслед за тем переверну его и проникну в задний проход сперва одним, потом двумя, а потом тремя пальцами. Он будет стонать от боли и наслаждения, а я свободной рукой — мастурбировать его, чувствуя, как теплое семя течет по пальцам, которые я буду облизывать поочередно, а потом вытру о его лицо. Он попросит еще. А я скажу — довольно! Здесь решаю я.

Перед тем как уснуть, я два раза подряд довожу себя до оргазма.

Все как всегда: муж читает с экрана новости; дети уже готовы отправляться в школу; солнце заглядывает в окно, а я делаю вид, будто безумно озабочена домашними хлопотами, хотя на самом деле умираю от страха — как бы кто чего не заподозрил.

— Кажется, ты сегодня повеселей.

Не кажется. Так оно и есть. Но виду подавать нельзя. То, что произошло вчера, опасно для всех, а для меня — в первую очередь. А нет ли в словах мужа какого-то скрытого намека, второго смысла? Сомневаюсь. Он верит всему, что я говорю. И не потому, что глуп — далеко нет, — а потому что доверяет мне.

И от этого я раздражаюсь еще сильней. Потому что я не та, кому стоит доверять.

Нет, вернее: я — та. Мне можно доверять. Но в отель меня привели неведомые мне обстоятельства. А это разве оправдание? Да нет, конечно. Ни в малейшей степени это меня не извиняет — никто не тащил меня туда насильно. Разумеется, я могу завести старую песню о том, что страдаю от одиночества, что вместо столь нужного мне внимания получаю лишь понимание и терпимость. Могу сказать самой себе, что нуждаюсь в том, чтобы стать более дерзкой, более конфликтной и чаще спрашивать себя, что я делаю. Могу отговориться тем, что такое случается со всеми, пусть хотя бы и в мечтах.

Но по сути все случившееся очень просто — я переспала с Якобом потому, что безумно хотела переспать. И больше ничего. И не нужно никаких интеллектуальных или психологических оправданий и объяснений. Хотела с ним трахнуться. И точка.

Знаю людей, которые вступают в брак ради надежности, положения, денег. Любовь в этом списке — на последнем месте. Я, меж тем, вышла замуж именно по любви.

Тогда почему же я сделала то, что сделала?

Потому что страдаю от одиночества. А почему я страдаю от одиночества?

— Как хорошо видеть тебя счастливой, — говорит он.

Отвечаю: да, я в самом деле счастлива. Такое чудесное осеннее утро, дома все хорошо, прибрано и чисто, а со мной — тот, кого люблю.

Он поднимается из-за стола, подходит, целует меня. Дети, хоть и не вполне понимают наш разговор, хохочут.

— Я тоже — с той, кого люблю. Но почему именно сейчас...

А почему бы и нет?

— Сейчас утро. Хочу, чтобы ты повторила мне эти слова ночью, в постели.

Боже мой, кто же я такая? Почему я говорю это? Для того чтобы он ничего не заподозрил? Почему не веду себя так, как всегда, как полагается хлопотливой матери семейства, радеющей о благополучии близких? К чему эта демонстративная нежность? Такая чрезмерность может вызвать подозрения.

— Я бы не смог жить без тебя, — говорит он, вернувшись на свое место за столом.

Я пропала. Но, как ни странно, не чувствую себя ни капельки виноватой в том, что случилось вчера.

Когда прихожу в редакцию, шеф осыпает меня похвалами. Мой материал утром был опубликован.

— Множество звонков и электронных писем — все в восторге от истории про таинственного кубинца. Люди хотят знать, кто он такой. Если он разрешит дать свой адрес, то надолго обеспечит себя работой.

Кубинский шаман! Если он прочтет очерк, то убедится, что ничего подобного не говорил мне. Я все взяла с сайтов о шаманизме. Судя по всему, мой кризис затронул не только супружество — кажется, я начинаю терять профессионализм.

Рассказываю шефу, как кубинец в какой-то момент взглянул мне в глаза и пригрозил большими неприятностями, если выдам, кто он. Но шеф отвечает, что верить этим угрозам не стоит, и спрашивает, могу ли я дать адрес одному-единственному человеку — его жене.

— Она переживает стресс.

Да кто его не переживает? Все поголовно, включая самого шамана. Ничего не обещаю, но переговорю с ним.

Но шеф настаивает, чтобы я позвонила *немедленно*. Ладно. Звоню. И — вот неожиданность: кубинец благодарит меня за то, что сдержала слово и не раскрыла его инкогнито. Хвалит мою компетентность. Говорю спасибо, рассказываю, какой резонанс вызвала статья, и спрашиваю, можем ли мы условиться о новой встрече.

— Но ведь мы проговорили битых два часа! Разве вам недостаточно материала?

У журналистики свои законы, объясняю я. В напечатанной статье было очень мало из того, о чем мы беседовали. Большую часть я нашла в интернете. А теперь должна подать материал иначе.

Шеф прислушивается к разговору, по моим репликам догадываясь о его содержании, жестами показывает, чтобы не отступала. И вот, когда кубинец уже совсем готов дать отбой, я настойчиво говорю, что в статье очень многого не хватает. Мне просто необходимо изучить роль женщины в этих духовных поисках, а потому прошу его встретиться с женой моего главного редактора. Кубинец смеется. Обещаю, что никогда не нарушу наш с ним договор, но все же он должен понять — все должны знать, где он живет и по каким дням принимает.

Пожалуйста, говорю я, пусть скажет — «да» или «нет». Если он не хочет продолжения наших бесед, я найду другого. Благо, нет недостатка в тех, кто умеет помогать людям, находящимся на грани нервного срыва. Разница лишь в методах лечения, но и он — не единственный духовный целитель в Женеве. Уже многие — большей частью африканцы — звонили сегодня к нам в редакцию, обрадованные возможностью оповестить о своем роде занятий, заработать денег, завести знакомства с влиятельными людьми, которые в случае чего сумеют защитить от депортации на родину.

Кубинец еще какое-то время упирается, но в конце концов тщеславие и страх конкуренции пересиливают. Мы назначаем встречу у него дома, в Верье. Мне до смерти хочется взглянуть на его жилье — такие детали оживят статью.

* * *

И вот мы сидим в небольшой комнате, приспособленной под врачебный кабинет. По стенам — несколько диаграмм, заимствованных, мне кажется, из индийской культуры — расположение энергетических центров в человеческом теле, подошвы ног с меридиональными линиями. На шкафу стоят какие-то кристаллы.

Мы уже в высшей степени интересно поговорили о роли женщины в ритуалах шаманизма. Он объясняет, что хотя при рождении все мы наделены способностью получать откровение, у женщин этот дар встречается чаще. И каждый исследователь не может не заметить, что божества плодородия — неизменно женского пола и что именно женские руки внедрили лекарственные растения в племена, обитавшие в пещерах. Женщины значительно восприимчивей к миру духовному и чувственному, и это делает их более предрасположенными к состояниям, которые у древних назывались «истерией», а теперь — «биполярностью»: склонностью по нескольку раз в день переходить от безудержного ликования к глубочайшему унынию. Кубинец считает, что духи гораздо охотнее разговаривают с женщинами, нежели с мужчинами, ибо первым внятен тот язык, на котором говорят не словами.

Я пытаюсь говорить на его языке (ну, в моем понимании): «Так, может быть, из-за нашей повышенной восприимчивости этот, так сказать, злой дух заставляет делать нас то, чего не хотим?»

Он не понимает мой вопрос. Я формулирую иначе. Если женщины так непостоянны и так легко переходят от радости к печали...

— Да разве я сказал «непостоянны»? Я не произносил это слово. Совсем наоборот. При всем своем до крайности обостренном чувственном восприятии, женщины постоянней мужчин.

В любви, например. Он соглашается. Тогда я выкладываю все, что случилось со мной, и начинаю рыдать. Кубинец сохраняет бесстрастие. Но все же сердце — не камень, и вот он произносит:

— Когда дело касается адюльтера, медитации помогают мало или совсем не помогают. В этом случае человек счастлив тем, что происходит с ним. Он одновременно и переживает приключение, и чувствует себя в безопасности. Это идеальная ситуация.

А что толкает людей на измену?

— Это не моя область. У меня свой, сугубо личный взгляд на это, но публиковать это не надо.

Пожалуйста, помогите мне.

Он зажигает ароматическую палочку, просит меня сесть напротив, скрестив ноги, и сам устраивается в такой же позе. Этот жесткий человек сейчас кажется мне добродушным мудрецом, который расположен помочь мне.

— Когда кто-то из супругов решает по какой бы то ни было причине найти третьего, это совсем не обязательно значит, что брак неудачен. Также я не считаю сексуальное влечение главным мотивом. Тут следует скорее говорить о скуке, о монотонности, об отсутствии страсти в жизни и нехватке острых ощущений. То есть о сочетании нескольких факторов.

Но почему все же это происходит?

— Потому что как только мы отдаляемся от Бога, наше бытие теряет цельность, разбивается на множество осколков и кусков. Мы пытаемся вновь обрести единство, но пути назад не знаем и потому пребываем в постоянной неудовлетворенности. Общество вводит запреты, придумывает законы, но это — не решение проблемы.

Я вдруг ощущаю странную легкость — как будто стала по-другому воспринимать и понимать мир. И в глазах кубинца читаю: он знает, что́ говорит, ибо сам прошел через это.

— Я знавал одного человека, который оказывался бессилен всякий раз, как был с любовницей. И тем не менее обожал находиться рядом с ней, да и ей было очень хорошо рядом с ним.

Не удержавшись, спрашиваю, не о себе ли он говорит.

— О себе. Из-за этого меня бросила жена. Что вовсе не повод для такого радикального решения.

И как же он реагировал?

— Я бы мог привлечь духовную помощь, но заплатил бы за это в следующем перевоплощении, в другой жизни. Тогда же необходимо было понять, почему она поступает так. Чтобы не поддаться искушению вернуть ее с помощью подвластных мне чар, я стал изучать этот вопрос.

Тон кубинца постепенно, словно вопреки его собственной воле, становится менторским:

— Ученые Техасского университета в Остине попытались ответить на вопрос, который задают себе очень многие: почему мужчины предают чаще и больше, чем женщины, хотя и знают, что такое поведение ведет к самоуничтожению и доставляет страдания тем, кого они любят? И пришли к выводу — мужчины и женщины испытывают одинаковое желание изменить своему партнеру. Но у женщин выше степень самоконтроля.

Он смотрит на часы. Я умильно прошу продолжать и догадываюсь, что он и сам рад случаю излить душу.

— Краткие встречи, единственная цель которых — удовлетворить половой инстинкт, мимолетные связи, не затрагивающие никаких чувств, способствуют выживанию и сохранению вида. И умные женщины не должны упрекать мужчин за это. Те пытаются сопротивляться, но в силу своих биологических особенностей обречены действовать именно таким образом. Я не слишком сложно выражаюсь?

Нет.

— Вы замечали, наверно, человек больше боится пауков и змей, чем автомобилей, хотя в дорожно-транспортных происшествиях гибнет несопоставимо больше народу? Это оттого, что наше сознание застряло в доисторической эпохе, когда люди жили в пещерах и змеи с пауками были смертоносны. То же самое происходит с тем, что мужчина испытывает влечение ко многим женщинам. Когда-то он уходил на охоту, ежеминутно рисковал жизнью, и природа внушала ему: сохранение вида — это самое главное, это приоритет, и ты должен оплодотворить как можно больше женщин.

А разве женщины не заботятся о сохранении вида?

— Разумеется, заботятся. Но если для мужчины эта забота длится самое большее одиннадцать минут, то женщина вынашивает каждый плод девять месяцев, и она же обязана ухаживать за ребенком, кормить его, защищать и оберегать от любых опасностей, от змей и пауков. И потому ее инстинкт стал развиваться иначе. Определяющими сделались нежность и самоконтроль.

Он говорит о самом себе. Это попытка самооправдания. Я смотрю по сторонам и вижу индийские карты, кристаллы, курильницы. По сути, все мы одинаковы. Совершаем одни и те же ошибки и продолжаем задавать одни и те же вопросы, остающиеся без ответов.

Кубинец снова смотрит на часы и сообщает, что время консультации истекло. Скоро должен прийти другой клиент, а он старается, чтобы посетители не пересекались в приемной. Встает и провожает меня к дверям.

— Не сочтите за неучтивость, но — пожалуйста, больше не приходите. Я уже сказал вам все, что мог сказать.

В Библии рассказывается:

Однажды под вечер Давид, встав с постели, прогуливался на кровле царского дома и увидел с кровли купающуюся женщину; а та женщина была очень красива. И послал Давид разведать, кто эта женщина?

И сказали ему: это Вирсавия, жена Урии. Давид послал слуг взять ее; и она пришла к нему, и он спал с нею. Потом она возвратилась в дом свой.

Женщина эта сделалась беременною и послала известить Давида, говоря: я беременна.

Тогда Давид повелел послать Урию, верного ему воина, во главе войска. И в сражении Урия был убит. А Вирсавия стала жить с царем во дворце.

Итак, Давид — великий пример для подражания, кумир многих поколений, неустрашимый военaчальник — не только соблазнил чужую жену, но и послал на смерть своего соперника, воспользовавшись его преданностью и чувством долга.

Мне не нужны библейские оправдания измены или убийства. Но я помню эту историю еще со школы — той самой школы, где однажды весной мы с Якобом впервые поцеловались.

А повторения этих поцелуев пришлось ждать пятнадцать лет, и когда наконец время их пришло, все было в точности так, как я *не* ожидала. Якоб показался мне неласковым, грубым, занятым лишь собой. И все равно — я была в восторге и хотела, чтобы это произошло снова, и как можно скорей. И за две недели мы встречались с ним четырежды. Нервозность мало-помалу исчезла. Мы перепробовали уже многое, начиная с самого обычного и кончая весьма замысловатым. Я пока еще не успела осуществить свою мечту привязать Якоба к кровати и дойти до исступления от оральных ласк, но — все впереди.

Марианна постепенно теряла свое былое, прежнее значение во всей этой истории. Вчера я снова спала с ее мужем, и это показывает, до какой степени она не важна мне: ее попросту нет. Я больше не хочу, чтобы мадам Кёниг обнаружила неверность, не хочу, чтобы думала о разводе, потому что так я сохраню одновременно и удовольствие иметь любовника, и все то, чего достигла напряженными усилиями и постоянным самоконтролем, — моих детей, моего мужа, мою работу, мой дом.

Но как быть с порошком, который хранится здесь и может быть в любой момент обнаружен? Я потратила на него много денег. Нечего и думать о том, чтобы перепродать его. Это будет шаг по направлению к тюрьме Вандёвр. Можно подарить его тем, кто — я знаю — будет рад такому подарку, но моя репутация будет погублена. А то и еще хуже — меня спросят, смогу ли я достать еще.

Сбывшаяся мечта о том, чтобы оказаться в постели с Якобом, вознесла меня на вершины, а потом опять вернула к действительности. Я обнаружила, что, хоть и считала это любовью, то, что испытываю сейчас, на самом деле — всего лишь страсть, обреченная угаснуть в любую минуту. И я даже не подумаю и пытаться не стану удержать ее: я уже познала вкус приключения, испытала то удовольствие, которое получаешь, нарушая запрет, приобрела новый опыт в сексе. Мне радостно от всего этого, и я не испытываю ни капли раскаяния. Я преподнесла самой себе подарок, который более чем заслужен мною за столько лет безупречного поведения.

Я — в мире сама с собой. Вернее сказать — была до сегодняшнего дня.

И после многих ночей, когда я так спокойно спала, чувствую, что дракон вновь выбирается из той бездны, куда был низвергнут.

В чем тут дело — во мне или в том, что приближается Рождество? В это время года я неизменно чувствую упадок сил и подавленность — и дело тут не в изменениях гормонального фона или в нехватке каких-то веществ в организме. Еще хорошо, что в Женеве это происходит не с таким шумным размахом, как в других странах. Однажды под Новый год я оказалась в Нью-Йорке. Кругом ослепительно горели огни, гремели уличные хоры, звонили колокола, мелькали северные олени и хлопья искусственного снега, елки с разноцветными шарами всех цветов и размеров, улыбки, намертво приклеенные к лицам... А я чувствовала себя абсолютно посторонней здесь и была твердо уверена, что являю собой ходячее недоразумение. И, хоть никогда не принимала ЛСД, считаю, что нужно принять тройную дозу, чтобы увидеть все эти цвета.

А здесь, у нас, самое большее, что можно встретить, — это лишь какие-то робкие намеки на иллюминацию на главной улице: наверно, ради туристов. («Покупайте! Привезите что-нибудь детям из Швейцарии!») Но я ведь еще не была сегодня в центре, значит, это странное ощущение не может быть связано с Рождеством. А у нас в окрестностях не видно Санта-Клауса на печной трубе, напоминающего нам, что весь декабрь мы обязаны быть счастливы.

Как всегда, ворочаюсь в постели с боку на бок. Как всегда, мой муж спит. Мы занимались любовью. Теперь это стало происходить чаще — то ли потому, что я скрываю измену, то ли потому, что усилилась сексуальная тяга. Так или иначе, я сейчас больше радуюсь сексу с мужем. Он не задает вопросов, когда я задерживаюсь, и не выказывает ревности. Теперь, не в пример тому первому разу, когда мне пришлось бежать в ванную, чтобы по совету Якоба уничтожить посторонние запахи и скрыть пятна на белье, у меня всегда с собой — запасная пара трусиков, душ я принимаю в номере и в лифт сажусь с безупречным макияжем. Держусь непринужденно и легко и не вызываю подозрений. Дважды встречала знакомых и как ни в чем не бывало делала вид, что не замечаю их и безмолвного вопроса: «Что она делает здесь?» В конце концов, если я повстречала в лифте отеля дам, живущих в этом же городе, они так же виноваты, как и я.

Засыпаю и тут же, спустя несколько минут, просыпаюсь. Виктор Франкенштейн создал своего монстра, доктор Джекил позволил мистеру Хайду вынырнуть на поверхность. Пока меня это не страшит, но, вероятно, я уже сейчас должна определить какие-то правила моего поведения.

Одна сторона — это честный, порядочный, ласковый, компетентный человек, умеющий сохранять хладнокровие в сложные моменты (особенно во время интервью), когда многие вдруг становятся агрессивными или пытаются уйти от моих вопросов.

Но мне постепенно открывается и другая сторона его натуры — внезапная, диковатая, нетерпеливая, которая не умещается в номере отеля, где происходят наши свидания с Якобом, и уже начинает воздействовать на мое привычное размеренное повседневье. Я легче теперь раздражаюсь на продавца, занятого беседой с покупательницей и будто не замечающего, что собралась очередь. Волей-неволей хожу теперь в супермаркет и уже не смотрю на цену и срок годности. Когда мне говорят что-то, с чем я не согласна, я не удостаиваю ответом. Я стала обсуждать политику. Я защищаю те фильмы, которые все поносят, и ругаю те, от которых все в восторге. Я полюбила удивлять собеседников скандальными высказываниями — не в тему, не к месту... И наконец-то перестала быть той скромной и милой женщиной, какой была всегда.

И это уже замечают знакомые. «Ты переменилась!» — говорят они. От этого — только шаг до «Ты что-то скрываешь», а это легко превратится в умозаключение «Если ты что-то скрываешь, то, значит, делаешь нечто непозволительное».

Впрочем, не исключено, что у меня паранойя. Но тем не менее я чувствую, как во мне уживаются два разных существа.

Давиду нужно было лишь приказать, чтобы слуги привели ему эту женщину. Он ничего никому не должен был объяснять. А когда возникли, по-нашему говоря, проблемы, взял да услал мужа на войну. В моем случае все не так. Мы, швейцарцы, люди благовоспитанные, но в двух случаях становимся неузнаваемы.

Во-первых, на дороге. Стоит лишь на долю секунды промешкать и не рвануть от светофора, как тебе немедля начинают гудеть. Стоит лишь поменять ряд, даже загодя включив поворотник, как непременно увидишь в зеркале злобную гримасу.

Второе касается такой опасной материи, как перемены, — будь то переход на новую работу, переезд на новую квартиру или смена поведения. Здесь все прочно и стабильно, и все ведут себя в соответствии с ожиданиями. Будьте добры, не пытайтесь выделиться и что-то придумывать, иначе будете представлять угрозу обществу. Этой стране нелегко досталась ее нынешняя завершенность, и мы не хотим возвращаться к переустройствам.

Мое семейство в полном составе проводит время там, где был некогда убит Уильям, брат Виктора Франкенштейна. Здесь на протяжении веков была тюрьма. Потом, когда в неумолимых руках Кальвина Женева обрела благополучие и добропорядочность, сюда стали свозить больных, которые обычно погибали тут от голода и холода, избавляя город от опасности какой бы то ни было эпидемии.

Пленпале — единственное место в городе, где нет ни деревца, ни травинки. Зимой ветер здесь пронизывает до костей. Летом — сущее пекло. Абсурд какой-то. Но с каких это пор существование некоторых явлений стало нуждаться в логике и смысле?

Сегодня суббота и по всему пространству площади стоят лотки и ларьки, где торгуют разными антикварными диковинами вперемежку со старым хламом. Этот рынок стал достопримечательностью и в качестве такового значится в туристических справочниках как часть обязательной программы. Вещицы XVI века выставлены рядом с кассетниками. Старинные бронзовые статуэтки, вывезенные из далеких уголков Азии, соседствуют с чудовищной мебелью 80-х годов прошлого века. Торжище кишит народом. Знатоки терпеливо рассматривают облюбованную вещь и ведут долгие разговоры с продавцами. Большинство — туристы и просто зеваки — перебирает вещи, которые никогда не понадобятся, но все же покупает их, поскольку те продаются за бесценок. Люди возвращаются домой, пользуются купленным один раз, а потом хранят в гараже, думая: «Совершенно никчемная штука, но грех было не купить за такие смешные деньги».

Я постоянно должна следить за детьми, которые рвутся перетрогать все — от бесценных хрустальных бокалов до замысловатых игрушек начала XIX века. Но хорошо уж и то, что они убеждаются — разумная жизнь существует и за пределами электронных игр.

Старший просит купить ему металлического клоуна, у которого открывается рот и двигаются конечности. Муж знает, что интерес к нему продержится лишь до нашего возвращения домой. И говорит, что он слишком «старый» и по дороге мы можем купить что-нибудь поновее. По счастью, внимание детей отвлекают коробочки со стальными шариками, какими в старину играли дети в саду.

А я засматриваюсь на небольшую картину, где изображена обнаженная женщина на кровати и удаляющийся ангел. Спрашиваю у продавца, сколько она стоит. Он называет цену (ничтожную), сначала объяснив, что это копия, выполненная каким-то местным, никому не известным художником. Муж, не произнося ни слова, следит за нашим диалогом и, прежде чем я успеваю поблагодарить и пройти дальше, платит за картину.

Почему он сделал это?

— Тут представлен один древний миф. Расскажу, когда вернемся.

Мне до смерти хочется опять влюбиться в него. Я никогда не переставала его любить — всегда любила и буду любить — но наш союз превратился во что-то очень монотонное. Любовь может совладать с однообразием, а для страсти оно гибельно.

Труднейшее время настало в моей жизни. Я знаю, что мои отношения с Якобом не имеют будущего, и все же отдаляюсь от того, с кем построила свою жизнь.

И лгут те, кто говорит, будто «любви достаточно». Это не так и никогда так не было. Беда в том, что люди склонны верить книгам и фильмам, где супруги идут, взявшись за руки, берегом моря, глядят на закат, а потом (и ежедневно) предаются безудержной страсти в хороших отелях, в номерах с видом на Альпы. Все это было и у нас с мужем, но магия длится от силы год-два.

Вслед за тем приходит супружество. Выбор и отделка дома, устройство детской (хотя детей еще нет), поцелуи, мечты, звон бокалов с шампанским в пустой комнате, которая скоро станет в точности такой, как мы ее задумывали, — все на месте. Два года спустя появится на свет первый ребенок, и в доме уже ничего не помещается, и если что-нибудь добавить, то рискуем прослыть теми, кто хочет пускать пыль в глаза и кто только и делает, что покупает и чистит антиквариат (а позже наследники продадут его за бесценок, и он окажется на блошином рынке в Пленпале).

После трех лет в браке каждый из супругов точно знает, чего хочет и о чем думает другой. В гостях и на вечеринках мы обязаны выслушивать в десятый раз истории, которые знаем уже наизусть, и время от времени ахать и удивляться и — в случае надобности — подтверждать. Секс из страсти становится обязанностью и по этой самой причине случается реже. Очень скоро — не чаще, чем раз в неделю, и это еще хорошо. При встречах подруги щебечут о неиссякаемом пыле своих мужей, и это — бесстыдная ложь.

И все знают об этом, но никто не хочет отстать от других.

Тогда приходит черед интрижек на стороне. Дамы теперь рассказывают — да, представьте себе! — о своих любовниках и их страстной натуре. Вот это отчасти уже ближе к истине, потому что в большинстве случаев все происходит в волшебном мире сексуальных фантазий и грез при мастурбации — столь же реальной, как и мир тех, которые решились рискнуть и позволили соблазнить себя первому, кто возник на пути — независимо от его качеств и дарований. Они одеваются дорого и модно, держатся с притворной скромностью, хотя выказывают больше чувственности, нежели шестнадцатилетняя девочка, — с той лишь разницей, что девочка сознает свое могущество.

Потом настает время самоотречения. Мужа почти никогда не бывает дома, он с головой уходит в работу, а жена тратит больше времени, чем нужно, на заботу о детях. Вот и мы сейчас переживаем эту фазу брака, и я намерена пойти на все, что изменить ситуацию.

Одной лишь любви теперь недостаточно. Я должна вновь со всей страстью влюбиться в своего мужа.

Ибо любовь ведь не просто и не только чувство — это искусство. И, как во всяком искусстве, мало одного вдохновения — требуется еще приложить немало труда.

* * *

Так почему же ангел удаляется, оставляя женщину одну на ложе?

— А это не ангел. Это Эрот, античный бог любви. А ту, что лежит на кровати, зовут Психея.

Открываю бутылку вина, наполняю наши бокалы. Он ставит картину на погашенный очаг — в домах с центральным отоплением это лишь часть интерьера. И начинает:

— Жила-была прекрасная царевна: все восхищались ею, но никто не решался посвататься. И отец в отчаянии решил воззвать к богу Аполлону, прося у него помощи. И тот сказал, что Психею, облаченную в траур, следует увести на вершину высокой горы и там оставить. И еще до наступления дня там появится змей и обручится с нею. Царь повиновался. Психея всю ночь, умирая от холода и страха, ожидала появления своего суженого. И наконец задремала. А когда проснулась, обнаружила, что находится в прекрасном дворце и на голове у нее — царский венец. Каждую ночь муж приходил к ней и они предавались любви. Ей поставлено было одно условие: она получит все, что пожелает, если будет полностью доверять ему и никогда не пытаться увидеть его лицо.

Какой ужас, думаю я, но прервать рассказ не решаюсь.

— И царевна жила так довольно долго. Жила в довольстве и веселье и была любима мужем, приходившим к ней каждую ночь. И все же время от времени ей становилось страшно, что она замужем за ужасным змеем. И однажды на рассвете, когда муж еще спал, она все-таки решилась зажечь светильник. И увидела рядом с собой Эрота, юношу невероятной красоты. Свет разбудил его. И увидев, что возлюбленная оказалась не в силах исполнить его единственное желание, Эрот исчез. Психея, готовая на все, чтобы вернуть его, выполнила все задания, которые давала ей Афродита, мать ее милого. Нечего и говорить, что свекровь завидовала красоте невестки и жестоко ревновала к ней сына, а потому делала все, чтобы не допустить их примирения. И вот, выполняя одно из таких поручений-испытаний, Психея открыла ларец и погрузилась в глубокий сон.

Я была уже сама не своя от желания узнать, чем же кончится эта история.

— А Эрот, который не переставал любить ее, раскаивался в своем поступке. Он сумел проникнуть в замок и разбудить ее, дотронувшись до спящей кончиком стрелы. «Твое любопытство едва не погубило тебя, — сказал он. — Ты стремилась познанием обрести уверенность — и разрушила наш союз». Но в любви ничего нельзя разрушить окончательно. И супруги, проникнувшись этой мыслью, обратились к Зевсу с мольбой сделать так, чтобы их союз никогда не распался. Царь олимпийцев не остался глух к мольбам влюбленных и после долгих уговоров (и даже угроз) сумел-таки добиться у Афродиты согласия. И с того самого дня Психея (наша бессознательная, но логическая часть) и Эрос (любовь) — всегда вместе.

Я наливаю еще бокал. Склоняю голову на плечо мужу.

— И тот, кто не принимает этого и стремится всегда найти рациональное объяснение таинственным и мистическим отношениям людей, потеряет лучшее, что есть в жизни.

Сегодня я чувствую себя как Психея на крутом утесе — мне холодно и страшно. Но, если смогу перебороть эту ночь и вверить себя тайне и вере, то проснусь во дворце. Нужно только время.

И вот наконец настает великий день — обе супружеские пары встретятся на приеме, который устраивает знаменитый телеведущий. Мы говорили об этом вчера, лежа в постели в номере, покуда Якоб выкуривал по обыкновению последнюю сигарету перед тем, как одеться и уйти.

Я не могла отказаться, потому что уже раньше подтвердила, что приду. Не может и Якоб — если он не появится, «это очень скверно скажется на его карьере».

Мы с мужем приходим в здание телекомпании, и нам сообщают, что вечеринка — на последнем этаже. В очереди к лифту звонит телефон, и мне приходится отойти: я разговариваю с шефом, а мимо проходят приглашенные, улыбаются и кивают нам с мужем. Кажется, я знаю тут едва ли не всех.

Шеф говорит, что мои беседы с кубинцем — вторая была опубликована вчера, хотя написана уже больше месяца назад — пользуются большим успехом. Надо написать еще один очерк и завершить серию. Отвечаю, что кубинец больше не желает беседовать. Тогда шеф просит найти «того же поля ягоду», потому что обычные и привычные рассуждения профессиональных психологов и социологов никому не интересны. Никаких ягод я не знаю, но, чтобы закруглить разговор, обещаю подумать.

Мимо проходят Якоб и Марианна и кивают нам приветственно. Шеф уже совсем было собрался дать отбой, но тут я решаю продолжить разговор. Боже меня упаси подниматься в одном лифте с супругами Кёниг. Может быть, устроить беседу пастуха и протестантского священника: ведь оба они, так сказать, пастыри? — предлагаю я. Интересно будет записать, как каждый из них одолевает стресс и скуку. Шеф говорит, что идея превосходна, но все же лучше будет найти «того же поля ягоду». Хорошо, постараюсь. Двери закрылись, и кабина пошла вверх. Теперь могу спокойно разъединиться.

Объясняю шефу, что не хочу быть последней, кто войдет в зал. Я и так уже опаздываю на две минуты. Мы живем в Швейцарии, где часы никогда не спешат и не отстают.

Да, я странновато вела себя в последние месяцы, но одно осталось неизменно — я по-прежнему терпеть не могу приемы и званые вечера. И продолжаю недоумевать — почему это так нравится людям?

Нравится. Даже когда речь идет о таком специфическом действе, как сегодняшний коктейль — вот именно: коктейль, а никакой не праздник, — они наряжаются, красятся-мажутся, напустив на себя слегка скучающий вид, говорят друзьям, что, мол, нет, во вторник не получится, надо быть на приеме по случаю десятилетия программы «Pardonnez-moi», которую все эти годы ведет такой обаятельный, умный и фотогеничный Дариюс Рошбен. Там соберется «вся Женева», а те, кто не входит в эту категорию, должны будут довольствоваться фотографиями, напечатанными в журнале о знаменитостях, который читает вся франкофонная Швейцария.

Бывать на таких мероприятиях — значит поддерживать свой статус и доказывать свою значимость. Время от времени наша газета помещает репортажи о подобных вечерах, и на следующий же день нам начинают звонить помощники важных людей, спрашивая, будут ли напечатаны фотографии их патронов, и сообщая, что будут очень благодарны за это. Ибо удостоиться приглашения — хорошо, а убедиться, что твое присутствие было должным образом отмечено, — еще лучше. И нет более убедительного доказательства этому, чем напечатанные в газете два дня спустя снимки, на которых предстанешь в специально сшитом по такому случаю костюме (пусть ты никогда в этом не признаешься) и с отработанной на бесчисленных презентациях, приемах и фуршетах улыбкой на устах. Слава богу, не я веду колонку светской хроники, иначе меня в моей нынешней ипостаси — чудовища, созданного Виктором Франкенштейном, — давно бы уж уволили.

Створки лифта раздвигаются. В холле два или три фотографа. Мы идем в главный зал, откуда открывается круговая панорама Женевы. Кажется, будто неизменная туча решила немного подыграть Дариюсу и немного приподняла свой пепельно-серый покров — внизу стало видно море огней.

Не хочу тут застревать надолго, говорю я мужу. И, стараясь стряхнуть напряжение, произношу это как-то очень напористо.

— Уйдем, как скажешь, — отвечает он.

В эти минуты мы с ним заняты тем, что беспрерывно здороваемся с бесконечным количеством людей, которые ведут себя так, будто я — их ближайшая, закадычнейшая подруга. Я отвечаю тем же, хотя не знаю даже, как их зовут. Если беседа грозит затянуться, применяю испытанный прием — представляю мужа и замолкаю. Он называет свое имя и получает в ответ имя собеседника. Услышав, я подхватываю громко и вслух: «Милый, неужели ты не помнишь такого-то?»

Вот ведь какой цинизм с моей стороны!

Но вот приветствия окончены, мы отходим в угол, и я жалуюсь: «Что за страсть такая у людей допытываться, помним ли мы их?» Прямо удушье нападает от этого. Каждый считает себя достаточно значительной персоной, чтобы его имя и черты раскаленным железом врезались в память мне, в силу своей профессии знакомящейся ежедневно с новыми людьми.

— Будь снисходительна: они пришли развлечься.

Муж не знает, о чем говорит. Они не развлекаются, а всего лишь делают вид, потому что именно «вид» важнее всего для них: вид, внимание окружающих и, если повезет, полезное и выгодное знакомство. И судьба этих людей, которые, вступая на красную ковровую дорожку, считают себя хозяевами жизни, зависит от мелкой газетной сошки. От человека, чья профессия называется «верстальщик»: получив фотографии по электронной почте, это он решает, должны ли они появиться в нашем маленьком, традиционном, опутанном условностями мире — или нет. Это он размещает заинтересовавшие его снимки на странице, оставив место для общего плана этого празднества (приема, презентации, фуршета). И там, среди множества неизвестных лиц тех, кто считает себя необычайно значительными, можно будет — если немного повезет — узнать два-три знакомых.

Дариюс поднимается на сцену и начинает делиться воспоминаниями обо всех тех знаменитостях, которых ему пришлось интервьюировать в своей программе за десять лет. Напряжение немного отпускает меня, и мы с мужем подходим к окну. Потому что мой внутренний радар засек присутствие Якоба и Марианны Кёниг. Я хочу держаться от них подальше — полагаю, что и Якоб тоже.

— Тебе не по себе?

Я так и знала. Кто ты сегодня — доктор Джекил или мистер Хайд? Виктор Франкенштейн или его монстр?

Нет, любовь моя. Все в порядке. Просто я хочу оказаться подальше от того, с кем переспала вчера в номере отеля. Подозреваю, что всем в этом зале все известно, ведь слово «любовники» на лбу у нас написано.

Но улыбаюсь и отвечаю, что, как ему слишком даже хорошо известно, мне уже не по возрасту бывать на таких вечерах. Как бы я хотела сейчас оказаться дома и заниматься нашими детьми, оставленными на попечение няньки. Я почти не пью, я смущаюсь от такого множества людей, с которыми надо здороваться и вести разговор, притворяться, что мне интересно, и на вопрос отвечать вопросом, чтобы можно было наконец положить в рот закуску и спокойно сжевать ее, не боясь показаться скверно воспитанным человеком.

На спустившемся экране появляется нарезка — фрагменты передач с участием самых именитых гостей. Кое с кем я сталкивалась по работе, но большинство — это приехавшие в Женеву иностранцы.

Как известно, в нашем городе всегда найдется какая-нибудь знаменитость, и ее участие в программе — обязательно.

— Пойдем отсюда, а? Он уже видел тебя. Считай, мы исполнили наш светский долг. Давай возьмем напрокат какой-нибудь фильм и проведем вечер дома, вдвоем.

Нет. Побудем еще, потому что Якоб и Марианна Кёниг тоже здесь. Если уйдем, не дожидаясь конца торжества, это может вызвать подозрения. Дариюс меж тем приглашает на сцену тех, кто принимал участие в его программе, и они вкратце делятся впечатлениями об этом событии.

Помереть со скуки. Мужчины, оказавшиеся здесь в одиночестве, вертят головой, высматривая женщин без спутников. А женщины разглядывают друг друга — кто как одет и накрашен, какой у кого муж или любовник.

Погруженная в полнейшее безмыслие, я смотрю на город за панорамными окнами. И жду, когда наконец прилично будет тихо и незаметно удалиться отсюда, не вызывая ничьих подозрений.

— Тебя зовут!

Меня?!

— Да, любовь моя, он зовет тебя.

Дариюс, оказывается, только что пригласил меня подняться на сцену, а я не слышала. Да, я однажды была в его программе вместе с бывшим президентом Швейцарии: мы говорили о правах человека. Но я совсем не так влиятельна и значительна. И потом, меня ведь не предупредили, я не готовилась и не знаю, что сказать.

Однако ведущий подает мне знаки. Все вокруг смотрят на меня с улыбкой. И я направляюсь к сцене — уже внутренне собравшись и в глубине души ликуя оттого, что вот Марианну-то не вызвали на сцену. Не вызвали и не вызовут. И Якоба тоже, поскольку по замыслу устроителей вечер должен быть приятным, а значит, свободным от политических высказываний.

Я поднимаюсь на импровизированную сцену, целую Дариюса и начинаю рассказывать нечто неинтересное о той давней передаче. Мужчины в зале продолжают свою бесшумную охоту на женщин, а те по-прежнему оценивающе оглядывают друг друга. Те, кто поближе, изображают внимание к тому, что я говорю. Перевожу взгляд на мужа: все знают, что на публичных выступлениях надо выбрать кого-нибудь из публики и обращаться к нему: это помогает.

И вдруг замечаю такое, чего не может быть никогда: рядом с ним оказываются Якоб и Марианна Кёниги. Все это произошло минуты за две — столько времени потребовалось мне, чтобы подняться на сцену и начать речь: меж тем официанты уже начали сновать по залу, и присутствующие отвели глаза от сцены в поисках чего-нибудь более привлекательного.

Поспешно закругляюсь и благодарю за внимание. Присутствующие аплодируют. Дариюс целует меня в щечку. Пробираюсь туда, где стоят мой муж и супруги Кёниги, но путь мне заступают люди, которые хвалят меня за то, чего я не говорила, утверждают, что я выступала замечательно, что они очарованы моими очерками о шаманизме, предлагают новые темы, протягивают свои визитные карточки и скромно рекомендуют себя в качестве «источников» для того, что может быть «очень интересно для меня». Все это продолжается не меньше десяти минут. Когда я уже завершила свою миссию и приближаюсь к тому месту, где стояла раньше, пока его не заняли, вижу, что все трое улыбаются. Они поздравляют меня, говорят, что я просто создана для публичных выступлений, а потом я слышу приговор:

— Я объяснял, что ты устала, а наши дети — с нянькой, но мадам Кёниг непременно хочет, чтобы мы поужинали сегодня вместе.

— Вот именно: непременно. Здесь ведь никто не ужинает, не правда ли? — подхватывает Марианна.

На лице Якоба застыла фальшивая улыбка: он покорен, как барашек, которого тащат на бойню.

В долю секунды в голове проносятся двести тысяч предлогов отказаться. Но зачем? У меня с собой — отличная доза порошка, вполне готового к употреблению, и не будет более благоприятного момента узнать, готова ли я выполнить мой план.

Кроме того, меня снедает извращенное любопытство увидеть, что это будет за ужин.

Так что — с большим удовольствием, мадам Кёниг.

* * *

Марианна предлагает отправиться в «Отель лез Армюр», что свидетельствует о недостатке воображения, — именно в этот ресторан женевцы предпочитают водить своих иностранных гостей. Там подают замечательное фондю, официанты говорят на всех языках, да и расположен он в самом сердце старого города... Но для тех, кто живет в Женеве, все это совсем не интересно.

Мы приходим следом за Кёнигами. Якоб стоит снаружи, терпя холод ради порочного пристрастия к табаку. Марианна уже внутри. Я говорю мужу, чтобы тоже зашел в ресторан и составил ей компанию, а я постою с господином Кёнигом, чтобы ему было не скучно курить. Муж предлагает поступить наоборот, но я стою на своем — нехорошо будет оставлять двух дам за столом, пусть и на несколько минут.

— Приглашение и меня тоже застало врасплох, — говорит Якоб, когда мы остаемся наедине.

Стараюсь держаться как ни в чем не бывало. Он чувствует свою вину? Он озабочен возможным и близким крахом своего неудачного брака? И едва удерживаюсь, чтобы не добавить: «...с этой ледяной мегерой».

— Да нет, дело не в том. Так вышло, что...

Появление мегеры прерывает нас. С дьявольской улыбкой на губах она приветствует меня (снова!) троекратным поцелуйчиком и *приказывает* мужу потушить сигарету — чтобы мы вошли немедля. Я читаю у нее в глазах: вы оба мне подозрительны, вы наверняка что-то замышляете, но — берегитесь: я опытна и проницательна, гораздо опытней и проницательней, чем вы думаете.

Мы заказываем обычное — фондю и раклет. Муж заявляет, что ему надоел сыр, и выбирает колбаски, которые, впрочем, мы тоже всегда подаем гостям. Вино, как полагается, — но Якоб не взбалтывает его в бокале, не смотрит на свет, не дегустирует: все это было лишь идиотским способом произвести на меня впечатление при первой встрече. В ожидании блюд за легкой беседой незаметно уходит первая бутылка, и на ее месте возникает следующая. Прошу мужа больше не пить, потому что иначе опять придется оставить машину у ресторана, а мы сейчас гораздо дальше от дома, чем в прошлый раз.

Приносят заказ. Откупориваем третью бутылку. Журчит легкий, ни к чему не обязывающий разговор. О повседневной жизни члена Федерального совета, о двух моих статьях, посвященных стрессу («Поздравляю, это очень необычный подход!»), о том, правда ли, что упадут цены на недвижимость, — теперь, когда банковская тайна постепенно исчезает, тысячи банкиров перебираются в Сингапур или Дубай, где мы проведем рождественские каникулы.

Я жду, когда на арену ворвется бык. Но его все нет, и я слегка ослабляю бдительность. Выпив чуть больше, чем следовало бы, становлюсь весела и беспечна — и как раз в этот миг распахиваются створки загона...

— Мы с друзьями как-то раз обсуждали природу идиотского чувства под названием «ревность», — говорит Марианна Кёниг. — А вы что думаете по этому вопросу?

Что мы думаем по вопросу, о котором не принято говорить на таких ужинах, как этот? Мегера умеет выточить фразу. Должно быть, целый день обдумывала формулировку. И назвала ревность «идиотским чувством», чтобы сделать меня еще более уязвимой и беззащитной.

— В отрочестве мне приходилось наблюдать ужасные сцены ревности... — говорит мой муж.

Что это? Он рассказывает о своей частной жизни? И кому? Полузнакомой даме?

— ...и потому дал себе клятву, что если женюсь, никогда не допущу, чтобы подобное происходило со мной, — продолжает он. — Поначалу было трудно, потому что мы инстинктивно стремимся контролировать все — даже то, что контролировать невозможно:

любовь и верность. Но я все же сумел. И моя жена, которая ежедневно встречается с самыми разными людьми и иногда приходит домой позже обычного, ни разу не слышала от меня обидного слова или упрека.

Да я тоже ни разу не слышала такого рода объяснений. И не знала, что в детстве он получил такую прививку от ревности. Мегере удается сделать так, чтобы все кругом слушались беспрекословно: идем ужинать... брось сигарету... говорить будем о том, что я предпочту.

Мой муж сказал то, что сказал, по двум причинам. Во-первых, это предложение поужинать показалось ему подозрительным и он пытается меня защитить. Во-вторых, он прилюдно говорит мне, как я важна для него. Прикасаюсь к его руке. Вот бы не подумала... Я считала, что ему просто неинтересно то, чем я занята.

— А вы, Линда? Вы не ревнуете мужа?

Я?

Да нет, разумеется. Я всецело доверяю ему. И считаю, что ревность — удел людей нездоровых, неуверенных в себе, лишенных самоуважения, людей с заниженной самооценкой, по этой причине считающих, что первый встречный может представлять угрозу их супружеству. А вы, Марианна?

И мадам Кёниг попадает в собственную ловушку.

— Я ведь сказала, что считаю ревность идиотским чувством.

Да, сказали. Но что бы вы сделали, обнаружив, что муж вам изменяет?

Якоб бледнеет. И с трудом сдерживается, чтобы после этого вопроса не выпить залпом содержимое своего бокала.

— Я думаю, что он ежедневно встречает женщин, которые умирают от тоски в собственном браке и обречены вести унылую, тусклую, ежедневно повторяющуюся жизнь. Еще думаю, что и у него на работе найдутся несколько дам, которые из журналисток прыгнут прямо в пенсионерки...

Да, таких немало, отвечаю я без тени эмоций в голосе. Кладу себе еще немного фондю. Марианна смотрит мне прямо в глаза, и я знаю, что она имеет в виду меня, но не хочу, чтобы мой муж что-нибудь заподозрил. Мне плевать на нее и на Якоба, который, конечно, во всем признался, стоило ей лишь поднажать.

Сама удивляюсь своему спокойствию. То ли это вино так подействовало, то ли проснулся дремавший во мне монстр. А, может быть, это наслаждение от возможности сцепиться с этой женщиной, которая мнит себя всезнающей.

Продолжайте, говорю я, обмакивая кусочек хлеба в расплавленный сыр.

— Как вы, наверно, догадываетесь, эти женщины для меня опасности не представляют. И, в отличие от вас обоих, у меня нет полного доверия к Якобу.

И я знаю, что он уже несколько раз изменял мне. Ибо плоть слаба...

Якоб, засмеявшись не без нервозности, отпивает глоток вина. Бутылка пуста, и Марианна знаком просит у гарсона другую.

— ...но я стараюсь видеть в этом нормальную реакцию. Потому что если моего мужа не преследуют алчущие любви бабы, значит, он ни для кого не представляет интереса. И я испытываю не ревность, а — знаете, что? Вожделение. Я часто сбрасываю с себя одежду, подхожу к нему и прошу, чтобы он сделал со мной ровно то же самое, что он делает с ними. Иногда прошу рассказать о своих интрижках, и эти рассказы заставляют меня острее чувствовать наслаждение.

— Все это фантазии Марианны, — говорит Якоб, но звучат его слова не очень убедительно. — Она постоянно что-нибудь выдумывает. Как-то раз спросила, не хочу ли я побывать на свингерской вечеринке в Лозанне?

Понятно, что он не шутит, но все смеются. И Марианна тоже.

А я с ужасом понимаю, что Якобу страшно нравится слыть «неверным мачо». Муж, очень заинтересовавшись ответом Марианны, просит ее подробней рассказать о том, какое действие оказывают на нее истории о внебрачных связях. Потом спрашивает адрес свингер-клуба и смотрит на меня блестящими глазами. Говорит, что пора бы уж испробовать что-нибудь новое. Не знаю, вправду ли он заинтересовался новым опытом или пытается как-то разрядить почти невыносимую обстановку за столом.

Марианна отвечает, что адрес не помнит, но если он продиктует свой номер, — сбросит ему смской.

Кажется, мне пора выйти на сцену. Говорю, что как правило ревнивцы стараются показать, что это чувство им абсолютно чуждо. Обожают делать намеки, чтобы увидеть, есть ли какие-либо сведения о поведении партнера, но когда получают их — теряются как дети. Вот у меня, к примеру, может быть роман с вашим мужем, а вы никогда об этом не узнаете, потому что я не так глупа, чтобы угодить в расставленные силки.

Тон моего голоса немного изменился. Муж смотрит на меня удивленно:

— Дорогая, ты не находишь, что слишком далеко зашла?

Нет, не нахожу. Не я начала этот разговор и понятия не имею, куда намерена дойти в нем Марианна Кёниг. Но с той минуты, как мы сели за стол, она не перестает многозначительно намекать на что-то, и мне это уже сильно поднадоело. А ты, кстати, не заметил, как она смотрела на меня все то время, что длился этот разговор, не интересный никому, кроме нее?

Во взгляде Марианны теперь читается изумление. Она явно не ожидала подобного отпора, поскольку привыкла, что она и задает тон разговора и определяет его тему.

Добавляю, что знавала многих людей, одержимых навязчивой ревностью — и не потому, что сомневаются в верности супруга, а потому что не всегда оказываются, как привыкли, в центре всеобщего внимания. Якоб подзывает официанта и просит счет. Что же, отлично. Кто пригласил, тот и платит.

Поглядев на часы, разыгрываю удивление: время нашего возвращения домой уже прошло, а ведь мы условились с няней. Поднимаюсь, благодарю за ужин и иду к вешалке взять пальто. Разговор меж тем перешел на детей и связанные с ними обязанности.

— Неужели она вправду решила, что я говорила про нее? — слышу я обращенный к мужу вопрос Марианны.

— Да нет, конечно. Для этого нет ни малейших оснований.

Мы выходим наружу — воздух уже довольно холодный. В запале досады и раздражения горячо принимаюсь объяснять — Марианна говорила именно про меня: она такая невротичка, что даже в день выборов не смогла удержаться от каких-то туманных намеков. Она постоянно строит из себя нечто, хотя на самом деле умирает от ревности к этому идиоту, который по статусу обязан вести себя прилично и которым она правит железной рукой в надежде, что он сделает карьеру политика. В глубине души она уверена, что это ей пристало вещать с трибуны, что хорошо, а что дурно.

Муж говорит, что я выпила лишнего, и просит успокоиться.

Проходим мимо собора. Город снова окутан туманом и оттого все напоминает какой-то фильм ужасов. Легко представить себе, как из-за угла выскакивает Марианна с кинжалом — совсем как во времена Средневековья, когда Женева непрестанно воевала с французами.

Ни холодный воздух, ни ходьба не успокаивают меня. Садимся в машину, а по приезде домой я прохожу прямо в спальню, принимаю две таблетки валиума, покуда муж расплачивается с няней и укладывает детей.

Сплю как убитая десять часов подряд. Наутро, занимаясь обычной домашней возней по хозяйству, замечаю, что муж почему-то не так ласков со мной, как обычно. Эту перемену почти невозможно ощутить, но ясно одно — вчера в ресторане что-то его расстроило. Я никогда еще не принимала разом две таблетки транквилизатора и потому не очень ясно соображаю: не знаю, что делать. И пребываю в каком-то подобии летаргии — но не похожей на ту, которую вызывают одиночество и несчастье.

По дороге на службу машинально проверяю почту. Смс от Якоба. Я колеблюсь сначала, но любопытство пересиливает ненависть.

Отправлено сегодня, ранним утром.

«Ты все испортила. Она и не подозревала, что между нами что-то есть, а теперь не сомневается в этом. Ты попала в ловушку, которую она тебе не ставила».

Мне надо заехать в супермаркет и купить кое-что для дома, как подобает женщине нелюбимой и фрустрированной. Марианна права: я именно такова и мой роман с Якобом — не более чем сексуальная гимнастика с глупым щенком, делящим ее супружеское ложе. Веду машину рискованно — потому что реву не переставая и из-за слез плохо вижу дорожную обстановку. До меня доносятся гудки и возмущенные выкрики; пытаюсь сбросить скорость, отчего с новой силой завывают клаксоны и несется брань.

Если я совершила глупость, допустив, чтобы Марианна что-то заподозрила, то еще большей глупостью было так рисковать всем, что у меня есть, — мужем, семьей, службой.

Внезапно сознаю: ехать в таком состоянии — под запоздалым воздействием транквилизаторов и с разыгравшимися нервами — просто опасно для жизни. Заезжаю в переулок, торможу и даю волю слезам. Плачу навзрыд, так громко, что кто-то из прохожих останавливается, участливо спрашивает, не нужна ли мне помощь. Отвечаю, что не нужна, и сердобольный человек идет дальше. На самом деле мне нужна, мне очень нужна помощь. Я погружаюсь в свой внутренний мир, и тону в его грязной трясине, и не могу выбраться оттуда.

И умираю от ненависти. Представляю себе, что Якоб, уже оправившийся от вчерашнего ужина, никогда больше не захочет видеть меня. И виновата в этом я — потому что, будучи не в силах больше постоянно чувствовать себя под подозрением и опасаться, позволила себе выйти за рамки. Наверно, стоило бы позвонить ему и извиниться, но ведь я знаю, что он не ответит. А, может быть, лучше позвонить мужу и спросить, все ли хорошо? Я по голосу умею определять, когда он раздражен или взволнован, хотя он на удивление хорошо умеет владеть собой. Но нет — не хочу. Слишком страшно. Желудок сводит, руки судорожно вцепились в руль, и я, дав себе волю, плачу в голос, кричу, скандалю у себя в машине — это единственное место в мире, где я чувствую себя в безопасности. Давешний прохожий оглядывается на меня издали: видно, боится, как бы я не устроила что-нибудь непотребное. Нет, я ничего не устрою. Я хочу всего лишь поплакать без помехи. Или уж и это слишком много?

Чувствую, что натворила делов... Хочу вернуться назад, но знаю — это невозможно. Хочу придумать план и как-то отвоевать потерянную территорию, но не в состоянии сейчас рассуждать здраво и трезво. И потому мне остается только сидеть и плакать — плакать от позора и ненависти.

Почему же я оказалась так наивна? Почему решила, что Марианна глядит на меня и говорит о том, что ей уже известно? Почему-почему... Потому что томилась сознанием своей вины и чувствовала себя преступницей! Потому что хотела унизить соперницу, уничтожить ее в глазах Якоба, добиться того, чтобы он не видел во мне лишь средство для проведения досуга. Знаю, что не люблю его, но он постепенно вовлек меня в ощущения уже потерянной было радости, и я мало-помалу освобождалась от одиночества, в которое, казалось, погружена была, что называется, по шейку. И теперь понимаю, что эти дни миновали навсегда. Теперь надо возвращаться к действительности, к супермаркету, к неотличимым друг от друга дням, к надежности моего дома — прежде столь важного для меня, а ныне превратившегося в тюрьму. Надо собрать осколки, оставшиеся от меня. И, может быть, — во всем признаться мужу.

Знаю — он поймет. Он — человек добрый и умный, и семья для него всегда на первом месте. Была и есть. Все так. Ну а если все же не поймет? Если решит — довольно! лимит исчерпан! я устал жить с женщиной, которая сперва жалуется на депрессию, а потом, на то, что ее бросил любовник.

Рыдания стихают, и я обретаю способность соображать. Меня ждет работа, и не могу же я целый день провести в этом переулке, по обе стороны которого свиты счастливые семейные гнездышки, а на дверях кое-где уже висят новогодние гирлянды, а по тротуару вперед и назад ходят люди, не замечая, что я сижу здесь, смотрю, как рушится мой мир, — и ничего не могу поделать.

Мне надо подумать. И составить список приоритетов. Неужели в ближайшие дни, месяцы и годы я смогу с успехом притворяться, что я — любящая и преданная жена, а не раненое животное? Да, самодисциплина никогда не была моей сильной стороной, но нельзя же в самом деле вести себя как помешанная?!

Вытираю слезы, смотрю вперед. Можно ехать? Нет, еще не пора. Подожду еще немного. И если есть хоть малейший резон радоваться тому, что произошло, он — в том, что мне нестерпимо стало жить во лжи. О многом ли догадывается мой муж? Умеют ли мужчины отличать притворный оргазм от настоящего? Может быть, и умеют, но как мне узнать это?

Вылезаю из машины, плачу за парковку (больше, чем надо) и таким образом получаю возможность идти куда глаза глядят. Звоню в редакцию и наскоро придумываю уважительную, как говорится, причину своему опозданию — у старшего сына расстройство желудка, и я должна отвезти его к врачу. Шеф принимает это за чистую монету: ведь в конце концов швейцарцы не лгут.

А я вот лгу. Лгу постоянно. Я потеряла самолюбие и сама не знаю, куда ступаю. Швейцарцы обеими ногами крепко стоят на земле. Я витаю в облаках. Швейцарцы умеют решать свои проблемы. А я, неспособная решить свои, создала ситуацию, где получила идеальную семью и совершенного любовника.

* * *

Иду по этому городу, так любимому мной, по городу, который, если не считать туристических достопримечательностей, будто застрял в пятидесятых годах прошлого века и даже не думает осовремениваться. Холодно, но, слава богу, ветра нет, и потому вполне терпимо. Пытаясь отвлечься и успокоиться, захожу в книжный магазин, в мясную лавку, в одежный бутик. И всякий раз, выходя снова на улицу, чувствую, как ледяной воздух остужает жаровню, в которую я превратилась.

Интересно, можно ли научиться любить того, кого надо. Ну конечно, можно. Беда в том, что сначала надо забыть того, кого любить не надо, — того, кто вошел без спроса, потому что проходил мимо и увидел открытую дверь.

Чего же все-таки я хочу от Якоба? Я ведь с самого начала знала, что наши отношения обречены, хотя, конечно, и представить не могла, что разрыв будет столь унизительным. Может быть, хотела именно того, что получила, — дарующее радость приключение? А может быть, хотела чего-то большего — жить с ним, помогать делать политическую карьеру, оказывать поддержку, которую, судя по всему, не оказывает ему жена, дарить нежность — помнится, в одну из наших первых встреч он посетовал, что лишен ее. Вырвать его из дома, как вырывают цветок с чужой клумбы, пересадить на свою — забыв при этом, что цветы не переносят такого обращения.

Ревность волной накатывает на меня, но на этот раз слез нет: я чувствую только бешенство. Останавливаюсь, присаживаюсь на автобусной остановке. Смотрю и смотрю, как мимо снуют прохожие, погруженные в свои миры — такие крохотные, что вмещаются в экранчик сотового телефона, в который они всматриваются и вслушиваются.

Подъезжают и отъезжают автобусы. Люди вылезают торопливо — может быть, потому что холодно. Другие садятся медленно, словно нехотя, как будто не желают добраться до дому, до работы, до школы. Однако никто не выказывает ни радости, ни злости, никто не печалится и не ликует: все они механически исполняют предназначение, которое мироздание определило им при появлении на свет.

Спустя какое-то время мне удается совладать с расходившимися нервами и немного успокоиться. Я сумела кое-как определить составные части моей душевной головоломки. Одна из них — причина этой ненависти, которая то накатывает на меня, то отпускает — вроде как эти подъезжающие и отъезжающие автобусы. Дело, вероятно, в том, что я потеряла самое важное из всего, что было в моей жизни, — семью. В битве за счастье я потерпела поражение, и это не только унижает меня, но и не дает разглядеть, что же там впереди.

А муж? Мне надо будет сегодня же вечером откровенно поговорить с ним, во всем признаться. Мне кажется, что такой разговор — каковы бы ни были его последствия — освободит меня. Я так устала лгать ему, шефу, самой себе.

Но сейчас думать об этом не хочу. Ревность, вытесняя все остальное, поглощает мои мысли. Не могу подняться с этой скамейки на автобусной остановке — тяжелые невидимые цепи будто приковали меня к ней.

Марианна в постели с мужем, который проделывает с нею то же, что делал со мной, любит слушать рассказы о его похождениях — так, что ли, надо понимать ее слова? Когда в нашу первую встречу он выложил презерватив на столик у кровати, я должна была понять, что у него есть другие женщины. И по его манере обращаться со мной — что я всего лишь еще одна. И сколько раз я выходила из этого проклятого отеля, твердя себе, что никогда больше не увижу Якоба, — и отчетливо сознавая, что это очередная ложь самой себе и что, стоит ему позвонить, я буду готова к свиданию там и тогда, где он скажет.

Да, все это было мне известно. И я пыталась убедить себя, что хочу всего лишь секса и приключения. Но ведь это неправда. Сейчас сознаю, что, сколько бы ни отрицала это бессонными ночами и пустыми днями, я влюблена. Влюблена отчаянно, без памяти.

Не знаю, как быть. Предполагаю — да нет, совершенно уверена — что всех, кто состоит в браке, втайне тянет, как говорится, на сторону. Запретный плод, как известно, сладок. И придает жизни особенный вкус. Однако мало кто идет дальше, решаясь на настоящую связь: по статистике, приведенной в какой-то газете, — только каждый седьмой. И, наверно, лишь каждая сотая позволяет себе увлечься вымыслом, химерой, фантазией — как это сделала я. Для большинства это — легкое увлечение, из разряда тех, когда сразу знаешь, что оно будет непродолжительно. Немного эмоции, чтобы сделать секс ярче и услышать в миг кульминации «я люблю тебя». И ничего, кроме этого.

А вот интересно, как бы я отреагировала, узнав, что мой муж завел себе любовницу? Да, наверно, серьезно бы отреагировала. Сказала бы, что жизнь несправедлива ко мне, что я, наверно, уже ничего не стою, что постарела, и устроила бы, надо думать, скандал, и, не переставая, плакала бы от ревности, а на самом деле — от зависти: он вот смог, а я — нет. И хлопнула бы, наверно, дверью, забрала детей и уехала к родителям. Месяца два-три спустя пожалела бы о своем решении и начала бы, наверно, подыскивать какой-нибудь предлог вернуться, воображая, что и он мечтает об этом. Через четыре месяца всерьез испугалась бы возникшей перспективе начинать жизнь заново. Через пять — готова была бы попросить его все забыть «ради детей», но поздно: он уже наверняка жил бы с любовницей, молодой, красивой, брызжущей энергией и сумевшей вернуть ему радость бытия.

Звонит телефон. Шеф справляется, как чувствует себя мой сын. Отвечаю, что я — на остановке автобуса, говорить неудобно, сыну лучше и что скоро буду в редакции.

Испуганный человек не воспринимает реальность. Наоборот — предпочитает прятаться в свои фантазии. Но в таком состоянии я не могу оставаться больше часа. Я должна собраться, встряхнуться. Меня ждет работа, и, надеюсь, она мне поможет.

Пускаюсь в обратный путь к машине. Смотрю на опавшую листву под ногами. Думаю, что в Париже листья давно бы уж смели в кучи. А в Женеве, хоть этот город и гораздо богаче, они все еще на мостовой и тротуарах.

Когда-то эти листья были частью дерева, составляли с ним одно целое, а теперь оно словно удалилось к себе и готовится отдохнуть. Думает ли оно о том зеленом плаще, который укрывал его, кормил и позволял дышать? Нет. Вспоминает ли оно о насекомых, обитавших в листве и помогавших опылять цветы, отчего природа оставалась жива? Нет. Дерево думает лишь о себе и в нужный момент умеет избавляться от того, что сочла лишним.

И я — один из таких листьев на городском асфальте: листок, который думал, что будет жить вечно, и умер, до конца не поняв, за что же это; который тоже любил солнце и луну, и долго смотрел, как курсируют мимо автобусы и гремящие трамваи, и которому никто не соизволил объяснить, что на свете бывает зима. И он вместе со своими собратьями брал от жизни все, пока однажды не начал желтеть и дерево не сказало ему «прощай».

«Прощай», а не «до свиданья», потому что знало — больше они не увидятся. И попросило помощи у ветра, чтобы стряс их поскорее с его ветвей да унес подальше. Дерево знает, что будет расти, только если сумеет отдохнуть. А если вырастет большим, высовет к себе уважение. И тогда цветы, которыми оно покроется в должный срок, будут еще красивее.

* * *

Ну, хватит. Лучшее лекарство для меня сейчас — это работа, потому что все слезы (сколько ни есть их у меня) я пролила уже и все думы — передумала. И все равно ни от чего не смогла освободиться.

Словно на автопилоте дохожу до парковки, где оставила машину, и вижу, как служащий в красно-синей форме специальным устройством сканирует ее номер.

— Это ваша машина?

Моя.

Он продолжает свое занятие. Я молчу. Скан номера уже введен в систему, отправлен в центр обработки, где будет принят и породит письмецо со штампом полиции в прозрачном окошечке служебного конверта. У меня будет месяц на уплату ста франков штрафа, который, впрочем, я могу опротестовать в суде, потратив в пять раз больше на адвокатов.

— Перебрали время на двадцать минут. Максимальный срок стоянки здесь — полчаса.

Киваю. Вижу, что контролер удивлен: я не прошу его отпустить, не клянусь, что больше не буду, не кинулась к нему со всех ног, едва завидев его у машины. Словом, не происходит ничего из того, к чему он привык.

Из устройства, как чек из кассы в супермаркете, выползает билетик. Он прячет его в пластиковый конверт, которому не страшен ни дождь, ни снег, и направляется к капоту, чтобы засунуть под «дворник» на лобовом стекле. Нажимаю кнопку на брелоке, и машина моргает фарами, показывая, что дверь открыта.

Контролер спохватывается, что собирается сделать глупость, но, как и я, летит на автопилоте. Щелчок разблокировки дверей заставляет его очнуться: он подходит ко мне и вручает штрафной талончик непосредственно виновнице.

Расстаемся очень довольные друг другом. Он — потому что не пришлось отбиваться от жалоб и просьб, я — потому что частично получила то, чего заслуживаю. Кару.

Понятия не имею — но надеюсь в скором времени узнать — так ли замечательно мой муж владеет собой или попросту не придал случившемуся никакого значения.

Прихожу домой в обычное время, после еще одного рабочего дня, заполненного самой банальной и пошлой ерундой — написала о подготовке пилотов, о том, что предложение рождественских елок превышает спрос, об установке электронных сигналов на пересечениях с железной дорогой. И ерунда эта меня безмерно радует, потому что думать о чем-то важном у меня нет сил — ни физических, ни душевных

Готовлю ужин, как будто сегодня — обычный вечер, неотличимый от череды точно таких же, которые мы прожили вместе. Потом коротаем время у телевизора. Дети раньше обычного поднялись к себе в спальню, чтобы без помех поиграть в свои компьютерные стрелялки и в зависимости от настроения убивать то террористов, то солдат.

Складываю тарелки в посудомоечную машину. Муж пытается загнать сыновей спать. До сих пор мы разговаривали с ним только про обязанности. Не знаю, всегда ли так было, а я просто не замечала, или же он особенно отчужден сегодня. Что же, скоро это выяснится.

Пока он занимается детьми, разжигаю камин — впервые в этом году, и созерцание пламени меня успокаивает. Я выясню все, что, как мне кажется, муж должен знать, но мне нужны любые союзники. Во исполнение этого замысла откупориваю бутылку вина. Ставлю на стол тарелку с сырами. Делаю первый глоток вина и замираю, неотрывно глядя на огонь. Теперь я не чувствую ни страха, ни тревоги. И двойная жизнь, которую я веду в последнее время, мне осточертела. Что бы ни произошло сегодня — для меня все будет лучше, чем жить так, как я живу. Если нашему браку суждено распасться — да будет так. Пусть кончится это в осенний день, до Рождества, когда мы будем сидеть у камина и говорить как цивилизованные люди.

Муж спускается из детской, видит накрытый к ужину стол — и не произносит ни слова. Просто садится рядом на диван и тоже начинает глядеть на языки пламени. Он допивает свой бокал, но когда я хочу налить еще, останавливает меня, жестом показав — достаточно.

Подаю глупейшую реплику — сегодня температура уже ниже нуля. Он кивает.

Судя по всему, инициативу мне придется взять на себя.

Говорю, что очень сожалею о том, что произошло вчера в ресторане.

— Ты не виновата. Эта дама очень странно себя вела. Ради бога, в дальнейшем избавь меня от таких знакомств.

Голос его спокоен. Однако даже малым детям известно, что перед сильной бурей ветер на миг стихает, и тогда кажется, что гроза прошла стороной.

Марианна явно ревновала, хоть и пыталась скрыть ревность под маской свободомыслящей и передовой женщины, — не унимаюсь я, не давая сбить себя с этой темы.

— Да, это так. Ревность — это чувство, которое постоянно твердит нам: «Ты можешь потерять то, что добыл с таким трудом». Ревность делает нас слепыми, застит глаза на все прочее, на все, что доставляло нам радость и приносило счастье. Как может ненависть уничтожить целую супружескую жизнь, не понимаю...

Он явно готовит почву для того, чтобы я сказала все, что нужно. И продолжает:

— У каждого случаются такие дни или часы, когда говоришь себе: «Да, моя жизнь не вполне совпадает с моими ожиданиями». Ну, а если жизнь спросит, что ты сделал для нее — что ответишь?

Ты меня спрашиваешь?

— Нет. Спрашиваю себя самого. Ничего не дается без усилий. И без веры в то, что делаешь. А чтобы обрести веру, нужно сломать барьеры предрассудка, а это в свою очередь требует отваги. А чтобы обрести отвагу, нужно победить страх. И так далее. Но главное — уметь примиряться со своим бытием, учиться ладить с ним. И никогда не забывать, что жизнь — на нашей стороне. И она тоже хочет стать лучше. Так поможем ей!

Наполняю свой бокал. Он подбрасывает хворосту в огонь. Когда я наберусь храбрости признаться?

Но муж, похоже, не расположен предоставить слово мне.

— А мечтать совсем не так просто, как кажется. Наоборот. Это может быть опасно. Мечтая, мы приводим в действие могущественную энергию и уже не можем скрыть от самих себя истинный смысл нашей жизни. Мечтая, мы, кроме того, выбираем, какую цену заплатить.

Пора! Чем больше тянуть, тем больнее будет ему и мне.

Поднимаю бокал, как бы собираясь выпить за его здоровье, и говорю, что какое-то смутное беспокойство снедает мою душу. Он отвечает, что мы ведь уже обсуждали это в Ле-Валоне, когда я откровенно рассказала об этой тревоге. Объясняю, что сейчас речь не об этом.

Не слушая, он продолжает:

— Бег вслед за мечтой имеет свою цену. Он может потребовать отказа от прежних привычек, может провести через нелегкие испытания, а привести — к разочарованиям. Но как бы ни была высока эта цена, она все же не выше той, которую платит тот, кто не живет. Потому что он однажды оглянется назад и услышит голос своей души: «Ты пустил по ветру мою жизнь».

Да, нельзя сказать, чтобы он сильно упрощал мне задачу. А что, если предположить, что он имеет в виду не общие рассуждения, а нечто очень определенное, истинное — и угрожающее?

Он смеется.

— Я научился обуздывать ревность и счастлив от этого. И знаешь, почему? Потому, что всегда должен оказываться достоин твоей любви. Должен сражаться за наш брак, за наш супружеский союз, и наши сыновья к этому отношения не имеют. Я люблю тебя. Я вынес и выдержал бы все что угодно, лишь бы ты всегда была рядом. Но я не могу запретить тебе уйти, если ты когда-нибудь решишься на такой шаг. Так что если этот день придет, ты вольна будешь уйти и искать свое счастье. Моя любовь к тебе сильнее всего остального, и я никогда не стану помехой твоему счастью.

Слезы наворачиваются мне на глаза. И до сих пор я толком не знаю, о чем он говорит — всего лишь о ревности или дает мне понять нечто? Нечто большее.

— Я не боюсь одиночества, — продолжает он. — Я боюсь жить в самообмане, боюсь воспринимать реальность не такой, какова она есть, а такой, какой мне хочется ее видеть.

И берет меня за руку.

— Ты — благословение моей жизни. Я, наверно, не самый лучший в мире муж, потому что никогда не демонстрирую свои чувства. И знаю, что тебе не хватает этого. Еще знаю, что из-за этого ты можешь подумать, что ты мне не важна, можешь потерять уверенность в себе и прочее в том же роде... Но это не так. Мы с тобой должны почаще сидеть вот как сейчас у камина и разговаривать обо всем на свете — о чем угодно, кроме ревности. Потому что это мне неинтересно. Может быть, нам стоило бы куда-нибудь съездить вдвоем — ты и я. Встретить Новый год в другом городе или там, где мы когда-то уже побывали...

А дети?

— Да я уверен, бабушка с дедушкой будут просто счастливы пожить с ними, пока мы будем путешествовать.

И добавляет:

— Когда любишь, должен быть готов ко всему. Ведь любовь — это вроде калейдоскопа... помнишь, в детстве мы развлекались этим. Любовь — в постоянном движении и никогда не повторяется. А тот, кто не понимает этого, обречен страдать из-за того, что создано, исключительно чтобы дарить счастье. А знаешь, что хуже всего? Такие, как эта Марианна, — люди, постоянно озабоченные тем, что другие думают об их супружеской жизни. А мне это совершенно безразлично. Мне важно лишь, что ты об этом думаешь.

Я склоняю голову ему на плечо. Все, что я собиралась сказать, стало бессмысленно. Он знает о том, что произошло и происходит, и умеет справляться с ситуацией так, как я никогда бы не смогла.

— Все очень просто: если только ты действуешь в рамках закона, тебе разрешено зарабатывать или терять деньги на финансовом рынке.

Бывший магнат тщится выглядеть как один из богатейших людей в мире. Но состояние его улетучилось меньше, чем за год, когда крупные финансисты обнаружили, что он торгует воздухом. Пытаюсь изобразить интерес к тому, что он говорит. В конце концов, это ведь я уговорила шефа дать серию очерков о разных способах бороться со стрессом.

Неделю назад Якоб написал мне: «Ты все испортила». Неделя прошла с того дня, когда я рыдая бродила по улицам — мне вспомнилось это благодаря штрафному талончику. Неделя после разговора с мужем.

— Всегда нужно знать, как продать идею. Именно в этом и заключается успех любого предприятия: уметь продавать то, чего желает потребитель.

Эх, милый мой, несмотря на твою самоуверенную вальяжность, на ауру значительности, на великолепный вид из окна этого номера люкс в фешенебельном отеле, несмотря на безупречно сидящий костюм от знаменитого лондонского портного, несмотря на улыбку и тщательно выкрашенные волосы, где «для естественности» оставлены несколько седых волосков, несмотря на веское спокойствие интонаций и жестов, одно я знаю лучше, чем ты: отправиться продавать идею — еще не все. Еще надо найти того, кто ее купит. Это одинаково справедливо для бизнеса, для политики и для любви.

Надеюсь, мой дорогой экс-миллионер, ты понимаешь, о чем я говорю: у тебя есть графики, ассистенты, презентации... но люди хотят результатов.

Вот и любовь тоже требует результата, хотя все в один голос и твердят, что процесс самодостаточен. Да? И что же — я могла бы прогуливаться по Английскому саду в своей шубе (муж привез мне ее из России), поглядывать на осенний пейзаж, улыбаться небу и шептать: «Я люблю, и этого достаточно»? Да неужели?

Нет, разумеется. Я люблю, но взамен требую еще много — и переплетенных рук, и поцелуев, и жгучего секса, и разделенной мечты, и возможности создать новую семью, воспитать детей, дав им образование, и тихого стариться рядом с любимым.

— И нам необходимо четко сознавать, какую цель преследует любой наш шаг, — вещает эта жалкая личность, улыбаясь с фальшивой доверительностью.

Ох, кажется, я опять оказалась на грани безумия. Беспрестанно соотношу все, что слышу или читаю, с моим бедственным положением. Все, включая томительно-нудное интервью с этим пошляком. Я думаю об этом круглые сутки — иду ли по улице, вожусь ли у плиты, или вот как сейчас трачу драгоценные минуты своего бытия на чушь, которая вместо того, чтобы отвлечь и развлечь, сталкивает меня в бездну, откуда я тщетно пытаюсь выкарабкаться.

— ...оптимизм заразителен...

Бывший магнат говорит без умолку, не сомневаясь, что сумеет убедить меня, что беседа появится в газете и поможет ему восстать из праха. Брать интервью у таких субъектов — одно удовольствие. Задашь вопрос — и они разглагольствуют битый час. В отличие от разговора с кубинцем сейчас я почти все пропускаю мимо ушей. Диктофон включен, так что потом я смогу ужать этот монолог до шестисот слов, что примерно соответствует четырем минутам речи.

Оптимизм заразителен, уверяет он.

В этом случае достаточно было бы прийти к возлюбленному с улыбкой до ушей и грудой лучезарных планов и светлых идей. И что же — подействует? Нет. Заразителен страх, постоянный изнурительный страх не встретить того, кто станет нашим спутником до могилы. И мы, терзаемые этим страхом, способны на все — выбрать себе не того человека, но убедить себя, что выбор верен: что это — он, тот единственный и неповторимый, кого привел к нам сам Бог. И довольно скоро жажда надежности и уверенности в завтрашнем дне превращается в любовь искреннюю и истинную, и вот уже не столь горьки горести, и легче переносятся трудности, а наши чувства можно сложить в коробку и запихнуть в глубь того шкафчика, что у нас в голове, где они, скрытые от взоров, останутся навсегда.

— Кое-кто уверяет, что ни у кого в этой стране нет таких связей, как у меня. Я знаю всех — предпринимателей, политиков, бизнесменов. А то, что произошло с моими проектами, — дело временное. В ближайшее время вы станете свидетельницей моего возвращения.

Что ж, я тоже человек с отлично налаженными связями и знаю тот же тип людей, что знает он. Но я не могу подготовить свое возвращение. Я хочу всего лишь цивилизованно разорвать одну из таких связей.

Ибо то, что не кончается непреложно и недвусмысленно, всегда оставляет открытую дверь, неизведанную возможность, некий шанс, что все еще может стать как прежде. Нет, я вовсе не привыкла к этому, хотя знаю многих, кому такое положение по душе.

А что я делаю? Сопоставляю экономику и любовь? Пытаюсь установить связи меж миром финансов и миром чувств?

Уже неделю нет вестей от Якоба. Уже неделя как вернулись в прежнее русло мои отношения с мужем — после того вечера у камина. Сумеем ли мы воссоздать наш брак?

До этой весны я была вполне нормальна. Но когда однажды обнаружила, что все, что есть у меня, может в любой миг исчезнуть, вместо того чтобы отнестись к этому здраво и трезво, ударилась в панику. Дальше все покатилось по инерции. Возникла апатия. Стало невозможно реагировать и меняться. И вот после многих бессонных ночей и дней, в которых я не могла найти ни капли отрады, я сделала именно то, чего боялась, — двинулась в противоположную сторону, навстречу опасности. Догадываюсь, что я не одна такая: людям свойственна эта тяга к саморазрушению. То ли случайно, то ли потому, что жизнь захотела меня испытать, я повстречала человека, ухватившего меня за волосы — как в буквальном смысле, так и в переносном: он встряхнул меня, сдул с меня уже собравшуюся пыль и дал мне вздохнуть полной грудью.

Все это неестественно. Это счастье того типа, которое, наверно, испытывают наркоманы после дозы. Но рано или поздно эффект пройдет, а отчаяние станет совсем невыносимым.

Бывший магнат теперь принимается говорить о деньгах. Я ни о чем не спрашивала, но он все равно говорит без умолку. Ему нестерпимо хочется доказать, что он вовсе не разорен и сумеет еще много десятилетий поддерживать тот уровень жизни, к которому привык.

Не могу больше, не выдерживаю. Благодарю за интервью, выключаю диктофон и снимаю с вешалки пальто.

— Что вы делаете сегодня вечером? Мы могли бы немного выпить и завершить беседу, — предлагает он.

Такое со мной случается не впервые. По правде говоря, такое случается едва ли не каждый раз. Я красива и умна — хотя мадам Кёниг не признает это — и уже пускала в ход свои чары, чтобы собеседник сказал такое, чего обычно журналистам не говорят, опасаясь, что те возьмут да и напечатают. Но мужчины... ах, эти мужчины!.. Они делают все возможное и невозможное, чтобы скрыть свою хрупкость, и любая восемнадцатилетняя пигалица способна веревки из них вить.

Благодарю за приглашение и говорю, что, к сожалению, уже договорилась о встрече на сегодняшний вечер. Возникло было искушение спросить, как отнеслась его последняя любовница к волне негативных сообщений о нем и о крахе его империи. Но сдерживаюсь — представить себе это нетрудно, а газете это неинтересно.

* * *

Выхожу, пересекаю улицу и направляюсь в сторону Английского сада, который вспоминала несколько минут назад. Иду в кондитерскую на углу улицы Тридцать первого декабря. Я люблю это название — оно напоминает мне, что рано или поздно год кончится и я начну строить грандиозные планы на будущее.

Заказываю фисташковое мороженое с шоколадом и ем его на набережной, глядя на символ Женевы — возносящуюся в поднебесье струю воды, которая заслоняет мне обзор занавесом из мельчайших капелек. Туристы щелкают фотоаппаратами, но снимки наверняка выйдут не в фокусе. Не проще ли купить почтовую открытку?

Я видела множество памятников. Внушительного вида мужчины, имена которых давно позабыты, все так же сидят на своих конях — и будут сидеть до скончания века. Женщины вздымают к небу меч или корону, прославляя победу, которую не упоминают даже школьные учебники. Одинокие безымянные дети изваяны в мраморе, отлиты в бронзе и навсегда потеряли свою младенческую чистоту, потому что часами и сутками позировали какому-нибудь художнику — как его звали, тоже уже никто не помнит.

Но в виде редчайших исключений бывает так, что символом города становится не монумент, а нечто иное — и неожиданное. Когда Эйфель проектировал для Всемирной выставки свою башню из стальных конструкций, он и представить не мог, что именно она — а не Лувр, не Триумфальная арка, не великолепные парки — станет символом Парижа. А яблоко — Нью-Йорка. А не слишком часто посещаемый мост — Сан-Франциско. А другой, через Тежу, — Лиссабона. А недостроенный собор — самой известной достопримечательностью Барселоны.

Вот так и в Женеве. Как раз на этом месте в озеро Леман впадает Рона. Чтобы использовать сильное течение (мы, швейцарцы, большие мастера по использованию всего на свете), здесь построили гидроэлектростанцию, но когда рабочие вернулись по домам и закрыли клапаны, давление оказалось таким мощным, что турбины в конце концов не выдержали и взорвались. И так повторялось несколько раз — до тех пор, пока одного инженера не осенило: надо построить фонтан и дать отток переизбытку воды.

Со временем эту проблему решили как-то иначе, и фонтан стал не нужен. Однако на референдуме жители высказались за то, чтобы сохранить его. Фонтанов в городе и без того уже было много, а этот находился посреди озера. Как сделать так, чтобы он был виден?

И вот тогда появился этот монумент-мутант. Были установлены мощные насосы, и сейчас сильнейшая струя выбрасывает пятьсот литров воды в секунду со скоростью 200 км/ч. Собственного имени он не получил — так и называется Jet d'Eau (струя воды) — но стал символом Женевы, оставив в тени величавых всадников, героических женщин и одиноких детишек.

Я как-то раз спросила ученую даму Дениз, что она думает об этом сооружении.

— Наше тело почти полностью состоит из воды, сквозь которую проходят электрические заряды, несущие информацию. Один из видов этой информации называется «любовь» и способен воздействовать на весь организм. Любовь беспрестанно меняется. Так что я думаю, что символ Женевы — это прекрасный памятник любви, ибо любовь, как эта вода, ни единого мига не остается прежней.

Набираю по мобильному номер приемной Якоба. Да, я знаю и его прямой номер, но не хочу сейчас пользоваться им. Сообщаю секретарю Якоба, что хочу встретиться с его шефом.

Секретарь знает меня. Просит подождать — он сейчас уточнит. Через минуту с извинениями сообщает, что у депутата очень плотный рабочий график... может быть, лучше будет в начале года? Отвечаю — нет, не лучше, дело очень срочное и не терпит отлагательств.

Слова «дело очень срочное» совсем не всегда открывают все двери, но в данном случае я уверена, что у меня высокие шансы. На этот раз ожидание длится минуты две. Наконец голос в трубке осведомляется, удобно ли мне будет в начале следующей недели? Говорю, что буду в приемной через двадцать минут.

И, поблагодарив, даю отбой.

Якоб просит меня поскорее одеться — в конце концов, мы находимся в учреждении, которое содержится государством, и если нас обнаружат, он может попасть в тюрьму. Я внимательно разглядываю резные деревянные панели по стенам и красивую роспись на потолке. И при этом продолжаю лежать совершенно голая на кожаном, уже довольно потертом от времени диване.

Якоб нервничает все больше. Он уже успел надеть пиджак и завязать галстук. С тревогой посматривает на часы. Кончается обеденный перерыв. Уже вернулся его личный секретарь — постучал тихонько в дверь, услышал «У меня совещание» и отступился. После этого прошло уже сорок минут, унеся с собой несколько запланированных встреч.

...Когда я вошла в кабинет, Якоб приветствовал меня традиционно-формальным троекратным поцелуем и указал на кресло перед письменным столом. Не нужно было обладать моим женским чутьем, чтобы понять, как ему не по себе. Зачем явилась? Разве не знаю, что у него плотнейший график — скоро возобновится парламентская сессия, и предстоит решить множество важных вопросов. Разве не получила его смс о том, что его жена теперь подозревает, что между нами что-то было? Мы должны выждать, дать страстям улечься и на время прекратить наши встречи.

— Разумеется, я все отрицал. Сделал вид, что глубоко потрясен ее намеками. Сказал, что они задевают мою честь. И что мне надоела ее вечная подозрительность и что она может кого угодно спросить о моем поведении. И что не она ли сама всегда твердит, что ревность — признак неполноценности? В общем, я старался как мог, но она ответила всего лишь: «Дурака не валяй. Я ни на что не жалуюсь... Просто я поняла, почему ты в последнее время стал так нежен и внимате...»

Я не дала ему договорить. Вскочила, вцепилась в лацканы его пиджака. Якоб, наверно, решил, что я хочу ударить его, но вместо этого я прильнула к его губам долгим поцелуем. Он никак не реагировал — думал, наверно, что устраиваю все это, чтобы скомпрометировать его. Но я, продолжая целовать его в губы и в шею, уже развязывала его галстук.

Он оттолкнул меня. Я дала ему пощечину.

— Подожди, я должен запереть дверь... Я тоже истосковался по тебе.

Он прошел через свой роскошный кабинет, обставленный мебелью позапрошлого века, повернул ключ в дверях, а когда вернулся, я уже осталась в одних лишь трусиках.

Пока я срывала с него одежду, он впился губами в мои соски. Я застонала от наслаждения, и Якоб зажал мне рот ладонью. Но, мотнув головой, я высвободилась и продолжала негромко постанывать.

Я ведь тоже рискую репутацией, как нетрудно догадаться. Так что — успокойся.

Лишь на миг, пока я произносила эту фразу, мы остановились. Вслед за тем я опустилась на колени и принялась сосать. Как и в прошлый раз, он держал меня за волосы, задавая ритм и постоянно ускоряя его. Но я не хотела, чтобы он разрядился в рот. Оттолкнула его и бросилась на диван, широко разведя бедра. Якоб склонился надо мной, припал губами к межножью. Когда меня пробила судорога первого оргазма, я закусила руку, чтобы не крикнуть. Все то время, что казавшаяся бесконечной волна наслаждения захлестывала меня, я впивалась зубами в ладонь.

Назвав его по имени, я сказала, чтобы он вошел в меня, чтобы делал все, что хочет. И он с необузданной дикарской яростью ухватил меня за плечи, потом вскинул к ним мои ноги, чтобы проникнуть как можно глубже. Движения его становились все стремительней, но я шепнула, что еще рано. Мне нужно было, чтобы это продолжалось еще, и еще, и еще.

Он сбросил меня на пол, поставил на четвереньки как собаку, ударил и снова проник. По сдавленным стонам я поняла, что он уже не владеет собой и вот-вот кончит. Я заставила его выйти, перевернулась, вновь впустила его в себя, требуя, чтобы он смотрел мне в глаза и шептал непристойности, которые всегда были у нас в ходу и доставляли нам такое удовольствие всякий раз, как мы занимались любовью. Я произносила самые грязные, самые скверные слова, какие только может женщина сказать мужчине. Он еле слышно повторял мое имя, требуя признаний в любви. Но я лишь изрыгала брань и в ответ заставляла его обращаться со мной как со шлюхой, как с рабыней, как с той, кто не заслуживает уважения.

Все тело у меня было в мурашках. Наслаждение накатывало волна за волной. Я кончила еще раз, а потом еще, меж тем как Якоб, сдерживаясь из последних сил, все длил и длил обладание. Наши тела бились друг о друга с силой, с глухим звуком, но Якоба уже не беспокоило, что его могут услышать за дверью.

Не сводя с него глаз, слыша, как он при каждом толчке повторяет мое имя, я поняла, что Якоб вот-вот перейдет грань, и вспомнила, что он без презерватива. И, снова высвободившись, попросила его кончить мне на лицо, в рот, и сказать, что любит меня.

Он в точности исполнил мою просьбу, а я, мастурбируя, достигла оргазма одновременно с ним. Потом он обнял меня, склонил голову мне на плечо, вытер уголки моих губ и много-много раз повторил, что любит меня и что ужасно тосковал по мне в разлуке.

Но вот теперь он просит меня одеться, а я и не думаю двинуться с места. Якоб опять стал прежним пай-мальчиком, которым так восхищаются избиратели. Он чувствует — происходит что-то не то, что именно — сказать не может. И начинает догадываться, что я здесь — не потому лишь, что он — волшебный любовник.

— Чего ты хочешь?

Поставить точку. Завершить эту историю, как бы ни рвалось у меня сердце, как бы невыразимо тяжко мне ни было. Взглянуть ему в глаза и сказать, что все кончено. Навсегда.

Последнюю неделю я испытывала почти невыносимые страдания. Выплакала все слезы, снова и снова представляла, как меня доставляют в университетский кампус, где работает Марианна, как насильно госпитализируют в тамошнюю психушку. Уверяла себя, что вчистую проиграла всю свою жизнь — всю, за исключением, быть может, профессии и материнства. Ежеминутно думала о том, как бы мы с ним могли жить, если бы по-прежнему были подростками, которые вместе смотрят в будущее. Но потом пришла наконец минута, когда я дошла до предела отчаяния, достигла дна и, взглянув из этой бездны вверх, увидела лишь одну руку, протянутую мне, — руку моего мужа.

Да, он, наверно, тоже терзался подозрениями, но его любовь оказалась сильней. Я попыталась быть честной, рассказать ему все и сбросить это бремя — но не понадобилось. Он дал мне понять, что какие бы выборы ни делала я в жизни, он всегда будет на моей стороне, и потому бремя стало легче.

Еще я поняла, что виню и корю себя за то, в чем он меня даже не упрекает. И я повторяла: «Я недостойна этого человека, он не знает, какая я».

Но он знает. Знает! И это возвращает мне самоуважение и восстанавливает порушенную любовь к себе. Потому что если человек, который без малейших затруднений отыщет себе спутницу жизни на следующий же день после того, как мы расстанемся, хочет быть рядом со мной — то, значит, я чего-то стою. И не «чего-то», а — многого.

Я обнаружила, что снова могу спать с ним в одной постели, не чувствуя себя грязной, не считая, что совершаю предательство. Зато я чувствую, что меня любят, и знаю, что достойна этой любви.

Поднимаюсь с дивана и, подхватив свои вещи, иду в ванную, примыкающую к кабинету Якоба. Он знает, что видит меня голой в последний раз.

Процесс исцеления долог, продолжаю я, вернувшись. Могу предположить, что он испытывает те же чувства, однако уверена — Марианна хочет только, чтобы эта эскапада завершилась и она могла обнять его с прежней любовью и с прежней уверенностью.

— Да, но она не говорит мне ничего. Поняла, что имело место, и закрылась наглухо. Она никогда не была особенно ласкова, а сейчас вообще превратилась в какого-то робота, целиком и полностью уйдя в работу. Это ее способ бегства.

Оправляю юбку, надеваю туфли и, достав из сумки сверток, кладу его на стол перед Якобом.

— Что это?

Порошок.

— Не знал, что ты...

Тебе ничего и не надо знать, думаю я. Тебе не надо знать, как далеко я могу зайти в борьбе за человека, в которого была так смертельно влюблена. Страсть еще жива, но пламя ее с каждым днем все слабее. Знаю, что скоро оно угаснет совсем. Всякий разрыв болезнен, и эту боль я ощущаю каждой клеточкой своего существа. Мы в последний раз сегодня видимся наедине. Будем еще часто встречаться на званых вечерах и коктейлях, на выборах и пресс-конференциях, но никогда — так, как сейчас. Это было великолепно — заняться таким неуместным, таким несвоевременным сексом и завершить роман так, как мы его начали, — полностью растворяясь друг в друге. Я знала, что это было в последний раз; он — нет, но ничего не смог сказать.

— И что мне с этим делать?

Выбрось. Пакетик стоил мне довольно круглую сумму, но все равно — выбрось. И ты избавишь меня от порока.

Я не уточняю, какого именно порока. У него есть имя — Якоб Кёниг.

Вижу, как вытягивается от удивления его лицо, и улыбаюсь. Прощаюсь традиционными тремя поцелуйчиками и выхожу. В приемной поворачиваюсь к секретарю Якоба и машу ему ручкой. Он отводит взгляд, делая вид, что погружен в чтение бумаг, и едва бормочет «до свиданья».

Уже на улице звоню мужу и говорю, что Новый год хотела бы встретить дома, с детьми. Если же он непременно хочет куда-нибудь поехать, лучше будет приурочить это к Рождеству.

— Погуляем перед ужином?

Киваю, но не двигаюсь с места. Смотрю неотрывно на парк перед отелем и на освещенную закатным солнцем заснеженную вершину Юнгфрау.

Человеческий мозг устроен удивительно: мы забываем запах, пока не ощутим его снова, мы заглушаем голос памяти, пока не услышим его, и даже те чувства, что казались похороненными навечно, вдруг воскресают, оживают, когда мы оказываемся там, где когда-то испытал их впервые.

И я плыву по реке времени назад — в те дни, когда мы были в Интерлакене впервые. В ту пору мы жили в дешевом отельчике, ходили от одного озера к другому, и всякий раз нам казалось, что мы пролагаем новый путь. Мой муж участвовал в безумном марафоне, большая часть которого проходила по горам, а я гордилась его авантюрным духом, стремлением добиться невозможного, покорить немыслимое и потребовать от своего тела больше, чем оно может дать.

Он был не единственный сумасшедший: сюда понаехали люди со всех концов света; отели были переполнены, а в бесчисленных барах и ресторанах это маленького — всего пять тысяч жителей — городка по вечерам происходило братание. Не знаю, каков Интерлакен осенью, но вот так, при взгляде из окна, он кажется пустынным и далеким.

На этот раз мы поселились в лучшем отеле. У нас номер люкс. На столе — визитная карточка директора и в виде приветствия — бутылка шампанского, за которое мы уже принялись.

Муж окликает меня. И я, вернувшись к действительности, спускаюсь вместе с ним, выхожу на улицу, чтобы немного пройтись до наступления темноты.

* * *

Если он спросит, все ли хорошо, я скажу в ответ неправду, потому что не хочу омрачать его радость. Но беда в том, что мои душевные раны никак не желают затягиваться. Муж вспоминает, как однажды утром мы присели вон на ту лавочку выпить утренний кофе и к нам привязалась пара иностранцев-хиппи, просивших денег. Проходим мимо церкви, с колокольни доносится звон. Муж целует меня, и я отвечаю, изо всех сил стараясь скрыть, что чувствую. Вернее, чего *не* чувствую.

Мы идем, взявшись за руки, потому что холодно, а перчатки меня раздражают. Заворачиваем в симпатичный бар и выпиваем понемножку. В ларьке у трамвайной остановки муж покупает тот же сувенир, что покупал в прошлый раз, — зажигалку с логотипом города. В ту пору он курил и бегал на сверхдальние дистанции.

А сейчас — курить бросил, но считает, что с каждым днем дышит все хуже. Задыхается, когда мы идем быстрым шагом, а когда мы бегали по берегу озера в Ньоне, я заметила, что он выдыхается раньше, чем должен, как ни пытается это скрыть.

Вибрирует сотовый. Долго роюсь в сумке, отыскивая его. А когда наконец достаю, там уже дали отбой. На экране в категории «пропущенные» вижу имя моей подруги — той самой, что страдала от депрессии, а потом благодаря лекарствам вновь обрела радость жизни.

— Если хочешь отзвонить — пожалуйста.

Спрашиваю, зачем бы мне это делать. Его не устраивает мое общество? Хочет, чтобы нашу прогулку прервали люди, которым совершенно нечего делать, кроме как проводить целые часы в бессмысленных разговорах?

Мое раздражение передается ему. Может быть, это эффект бутылки шампанского, к которой мы присоединили только что две порции джина? Как ни странно, его досада успокаивает и расслабляет меня — значит, я опять становлюсь человеком со свойственными ему эмоциями и чувствами.

Замечаю, что Интерлакен странно выглядит без лыжных марафонов. Кажется городом-призраком.

— Здесь нет лыжной трассы.

И быть не может. Мы — посреди долины, с обеих сторон окруженной высоченными горами, а по краям — озерами.

Он заказывает еще две порции джина. Предлагаю переместиться в другой бар, но муж решил бороться с холодом с помощью спиртного. Давно уж мы не занимались этим.

— Да, я знаю, что прошло всего десять лет, но когда мы попали сюда впервые, я был молод. Мне было к чему стремиться, мне нравилось свободное пространство, а неизвестность меня не пугала. Неужели я так переменился?

Но тебе только тридцать лет. До старости, согласись, еще далеко.

Не отвечая, он выпивает свою порцию залпом и устремляет взгляд в пустоту. Он уже не похож на идеального мужа, и, как это ни странно, меня это радует.

Выходим из бара, возвращаемся в отель. По дороге нам встречается уютный и красивый ресторанчик, но мы, к сожалению, уже заказали столик в другом, в итальянском заведении. К тому же еще очень рано — плакатик на дверях извещает, что посетителей будут обслуживать только с семи вечера.

— Давай выпьем еще джина.

Кто этот человек рядом со мной? Неужели Интерлакен оживил угасшие воспоминания и приоткрыл ящик Пандоры?

Я не отвечаю. Но мне не по себе.

Потом спрашиваю, не отменить ли нам заказ, чтобы поужинать прямо здесь?

— Один черт...

Вот как? Неужели он теперь на своей шкуре испытал все то, что испытывала я, когда называла депрессией все, что происходило со мной?

Мне — не один. Я хочу ужинать там, где у нас заказан стол. Там, где мы когда-то поклялись друг другу в любви.

— Зря мы сюда приехали... Неудачная была идея. Я хочу завтра же вернуться домой. Задумано-то было как нельзя лучше... Заново пережить зарождение нашей любви. Но разве это возможно? Нет, конечно. Мы — взрослые, зрелые люди. И живем теперь под таким давлением, о каком раньше и не подозревали. Мы должны обеспечивать базовые потребности — здоровье, образование, питание... Пытаемся развлекаться на уик-эндах, потому что так поступают все, а поскольку нам не хочется выходить из дому, считаем себя в чем-то ущербными...

Вовсе нет. Мне никогда не хочется. Я бы с удовольствием дома сидела и ничего не делала.

— Да и я тоже. Но наши сыновья? Они хотят другого. Мы не можем допустить, чтобы компьютер заменил им весь мир. Они еще слишком юные. И вот мы тащим их куда-то, увозим, делаем с ними точно то же самое, что наши родители — с нами и что наши бабушки и дедушки — с ними. Это называется *нормальная* жизнь. По-ученому выражаясь, наша семья эмоционально структурирована. Иными словами, если один из нас нуждается в помощи, другой всегда готов сделать для него все возможное и невозможное.

Понимаю. Вот, например, отправиться туда, где все полно воспоминаниями.

Еще одна порция джина. Муж, прежде чем ответить, некоторое время сидит молча.

— Вот именно. Но неужели ты считаешь, что воспоминания способны заполнить настоящее? Скорее наоборот — они меня душат. Я обнаруживаю, что уже не прежний, что стал совсем другим. Все было хорошо, пока мы не приехали сюда и не выпили этого шампанского. А вот теперь я отчетливо сознаю, что живу далеко не так, как мечталось мне, когда мы оказались в Интерлакене впервые.

А что же тебе мечталось?

— Да глупость, конечно... И все же это была мечта. И я бы мог ее осуществить.

А все-таки?

— Ну, я мечтал распродать все, что у меня было в ту пору, купить корабль и странствовать по свету вместе с тобой. Отец бы, конечно, рассвирепел, что я не пошел по его стопам, но мне это было бы неважно. Мы бы заходили в порты, брали бы какую-нибудь работу, чтобы заработать денег на дальнейший путь, — и снова снимались бы с якоря. Знакомились бы с людьми, которых никогда прежде не видели, открывали бы места, которые не значатся в путеводителях. Приключение. При-клю-че-ние — вот что было моим единственным желанием.

Он заказывает еще стаканчик и выпивает с невиданной быстротой. Сама я не пью — мне и так уже немного дурно, потому что мы не ели с утра. Мне хочется сказать, что если бы он исполнил свою мечту, я была бы счастливейшей женщиной на свете. Но лучше промолчать — ему и так скверно.

— Потом у нас появился ребенок.

Ну и что? Наверняка есть миллионы супружеских пар с детьми, которые сумели реализовать то, о чем он лишь мечтал.

— Все же, наверно, не миллионы. Тысячи, — отвечает он, подумав.

Выражение его глаз меняется: теперь в них не злость, а грусть.

— Бывают минуты, когда мы останавливаемся и начинаем анализировать все — и наше прошлое, и настоящее. И то, чему научились, и то, где ошиблись. И я всегда боялся таких минут. Я могу обмануть их, утверждая, что всегда делал правильный выбор, но они требовали небольших жертв с моей стороны. Ничего серьезного.

Предлагаю немного пройтись. Глаза его вдруг теряют блеск, гаснут и обретают странное, отчужденное выражение.

Он ударяет кулаком по столу. Хозяйка смотрит испуганно, а я прошу принести мне порцию джина. Хозяйка отказывает. Бар закрывается, потому что вскоре начнется время ужина. Подают счет.

Жду, что муж как-нибудь отзовется. Но он лишь достает бумажник и бросает на стойку купюру. Берет меня за руку, и мы выходим на холодную улицу.

— Боюсь, если буду слишком много думать о том, что могло бы сбыться да не сбылось, меня затянет в какую-то черную яму.

Мне знакомо это ощущение. Мы уже говорили об этом в ресторане, в тот день, когда я изливала ему душу.

Он как будто не слышит.

— ...и там, в глубине, услышу, как чей-то голос говорит мне, что ни в чем нет смысла. Мироздание существует миллиарды лет и будет существовать, когда тебя не станет. Мы живем в микроскопической частице исполинской тайны и так и не получаем ответы на вопросы, не дававшие нам покоя еще в детстве. Есть ли жизнь на других планетах? Если Бог — добр, почему он допускает, что люди страдают и мучаются? И прочее, в том же роде. И — что совсем уж скверно — время течет безостановочно. И часто без всякой видимой причины я чувствую неимоверный страх. Это происходит и на службе, и в машине, и когда я укладываю детей. И смотрю на них с нежностью и со страхом: что случится с ними? Да, они живут в стране, обеспечивающей нам безопасность и спокойствие, но что ждет их в будущем?

Да, я понимаю, о чем он. И мне кажется, не мы одни напряженно размышляем об этом.

— И когда я вижу, как ты готовишь завтрак или ужин, то время от времени думаю: вот пройдет лет пятьдесят или даже меньше — и один из нас останется один и будет плакать каждую ночь, вспоминая, как мы были когда-то счастливы. Дети вырастут и разлетятся. А тот из нас, кто переживет другого, станет немощен и хвор и будет постоянно нуждаться в посторонней помощи...

Он замолкает, и дальше мы идем, не произнося ни слова. Проходим мимо плаката, приглашающего на новогодний праздник. Муж со злобой срывает его. Двое-трое прохожих смотрят на нас с удивлением.

— Прости... Я не должен был говорить это. Я привез тебя сюда, чтобы нам тут стало легче, чтобы исчезло давление, которое мы испытываем ежедневно... Всему виной джин.

Я в замешательстве.

Проходим мимо кучки юнцов, оживленно болтающих посреди разбросанных повсюду жестянок из-под пива. Мой муж, обычно такой сдержанный и серьезный, вдруг подходит к ним и предлагает выпить.

Молодые люди удивлены и слегка напуганы. Я вмешиваюсь — прошу извинения, объясняю, что мы оба перебрали и еще один глоток может привести к катастрофе. Потом ухватываю его за руку и увожу.

Как давно я не делала это! Всегда он был защитником, покровителем, всегда он помогал и решал все проблемы. А сейчас я стараюсь сделать так, чтобы он не поскользнулся и не шлепнулся наземь. Настроение у него опять изменилось — сейчас он распевает какую-то песню, которую я никогда прежде не слышала: должно быть, такие поют в здешних краях.

Когда мы проходим мимо церкви, вновь начинают звонить колокола.

Добрый знак, говорю я.

— Я слышу колокольный звон, он говорит мне о Боге. Ну а Бог-то слышит нас? Нам с тобой едва за тридцать, а мы уже не видим в жизни никакой отрады. Если бы не дети, какой смысл был бы в ней?

Я хочу что-то сказать на это. Но не нахожу ответа. Добираемся до того ресторанчика, где когда-то поклялись друг другу в любви, и уныло ужинаем при свете свечей, в одном из самых красивых и дорогих городов Швейцарии.

Когда открываю глаза, на дворе уже белый день. Всю ночь проспала без сновидений и ни разу не проснулась. Гляжу на часы — уже девять.

Муж еще спит. Иду в ванную, чищу зубы, умываюсь, потом заказываю в номер завтрак на двоих. В ожидании заказа набрасываю халат и подхожу к окну.

И в этот миг замечаю, что небо полно парапланеристами. Они снижаются и приземляются в парке перед отелем. Судя по всему, это новички — большинство летит вместе с инструктором.

Как они решились на такое безумство? Неужели мы дошли до точки, когда смертельный риск — это единственное, что может спасти от убийственной скуки?

Вот приземлился еще один. И еще. Друзья, радостно улыбаясь, снимают все это. Представляю себе, как все это должно смотреться сверху — ведь нас окружают очень, очень высокие горы.

И, хотя я страшно завидую каждому из этих смельчаков, сама я никогда бы не решилась на такое.

Входит официант, неся на серебряном подносе стакан с розой, кофе (моему мужу), чай (для меня), круассаны, тосты, ржаной хлеб, несколько сортов джема, вареные яйца, апельсиновый сок, местную газету и все прочее, что призвано осчастливить нас.

Бужу его поцелуем. И не могу вспомнить, когда я делала это в последний раз. Он удивлен, но улыбается. Садимся за стол и отдаем должное всем этим прелестям. Слегка обсуждаем, как мы вчера напились.

— Похоже, мне это было нужно. Но ты не принимай мои рассуждения слишком уж всерьез. Когда лопается воздушный шарик, все вздрагивают, но ведь это всего — лопнувший шарик. Безобидно.

Я хочу сказать, что мне стало легче, когда обнаружились все его слабости, но лишь улыбаюсь и продолжаю жевать свой круассан.

Муж тоже заметил парапланеристов. Глаза его загораются. Мы одеваемся и спускаемся — не сидеть же в номере в такое чудесное утро?

Муж предупреждает портье, что мы сегодня уезжаем, просит снести вниз багаж и приготовить счет.

Ты уверен? Разве мы не можем остаться еще на сутки?

— Уверен. Вчерашнего вечера хватило, чтобы понять — вернуться в прошлое невозможно.

Мы направляемся к выходу по длинной галерее со стеклянным потолком. Где-то я читала, что раньше тут была улица, а теперь два здания на противоположных сторонах соединили этим проходом. Судя по всему, туризм здесь процветает, несмотря на отсутствие горнолыжной трассы.

И вдруг, вместо того чтобы выйти, он оборачивается к портье:

— Как нам попрыгать?

«Нам»? Я лично не испытываю ни малейшего желания.

Портье протягивает нам брошюрку — там все сказано.

— А как добраться до верху?

Портье объясняет, что самим это делать не стоит — дорога очень сложная. Надо лишь назначить время — и за нами заедут в отель.

А это не слишком опасно? Особенно если никогда прежде не прыгал в пустоту между двумя цепями гор. Кто отвечает за безопасность? Есть ли какой-нибудь контроль за инструкторами и снаряжением?

— Мадам, я работаю здесь уже десять лет. И сам прыгаю по крайней мере раз в год. На моей памяти не было ни единого происшествия.

Он улыбается. И, наверно, за эти десять лет он повторял эту фразу тысячи раз.

— Пошли?

Что? Вместе?

— Могу, разумеется, и один. А ты подождешь меня внизу с фотоаппаратом. Я хочу, я должен испробовать... Меня всегда пугало это... Ведь только вчера мы с тобой говорили, что приходит миг, когда все в жизни упорядочивается и мы перестаем сознавать границы наших возможностей. И вчера был очень печальный вечер...

Знаю. Он просит портье сделать заказ.

— Сейчас или ближе к вечеру, когда вы сможете увидеть, как солнце на закате освещает снега вокруг?

Сейчас.

— На одного или на двоих?

На двоих, если уж решили — сейчас. Чтобы у меня уже не было шанса осознать, что я делаю. Чтобы я не успела открыть тот ларец, откуда вылетят демоны — страх высоты, страх перед неизвестностью, страх смерти, страх жизни, страх переступить границу. Сейчас или никогда.

— Можно заказать полет на двадцать минут, на полчаса и на час. Какой предпочитаете?

А десятиминутный?

Нет.

— Желаете прыгать с высоты 1350 метров или — 1800?

Мне уже очень хочется отказаться от этой затеи. К чему все эти подробности? Конечно, хотелось бы пониже. И чем ниже — тем лучше.

— Любимая, это лишено всякого смысла. Я уверен, что ничего не случится, но если вдруг что... опасность одинакова. Даже если с двадцати одного метра — а это примерно седьмой этаж — последствия будут те же.

Портье смеется. И я вторю ему, чтобы скрыть свои чувства. В самом деле — наивно думать, что лишние пятьсот метров могут иметь значение.

Портье куда-то звонит.

— Можно заказать прыжок только с 1350 метров.

Облегчение, которое я испытываю сейчас, еще абсурдней прежнего страха. Как хорошо!

Машина будет у дверей отеля через десять минут.

Вместе с мужем и еще пятью-шестью любителями сильных ощущений я стою на краю пропасти в ожидании своей очереди. По пути сюда вспоминала детей и думала, что они могут осиротеть. Потом поняла, что прыгать мы будем по одиночке, а не вместе.

Надеваем шлемы, натягиваем специальные термокостюмы. Интересно, зачем нужны шлемы? Чтобы голова не пострадала, когда меня шарахнет о скалистый склон и я пролечу по нему больше километра?

— Без шлема нельзя.

Ладно. Нельзя так нельзя. Надеваю шлем наподобие тех, в каких разъезжают по улицам Женевы мотоциклисты. Глупо донельзя, но спорить не стану.

Смотрю вперед: между нами и пропастью есть еще покатый заснеженный склон. В первую секунду можно будет прервать полет. Вовсе необязательно идти до самого конца.

Я никогда не боялась летать на самолетах. И самолеты были частью моей жизни. Но ведь когда сидишь в салоне, и в голову не приходит, что это ведь то же самое, что летать на параплане. Вся разница в том, что алюминиевая капсула, внутри которой находишься, создает иллюзию защиты. Вот и все.

И все? По крайней мере, мои скудные познания в аэродинамике подтверждают, что это именно так.

Мне нужно переубедить себя. Мне нужны аргументы повесомей.

А самый весомый звучит так: самолет построен из металла. Он очень тяжел. Да еще нагружен багажом, пассажирами, оборудованием, тоннами горючего. А параплан — легок, летит по ветру, повинуется законам природы как листок, сорвавшийся с ветки. В этом гораздо больше смысла.

— Ты хочешь первой?

Да, хочу. Потому что в случае чего ты позаботишься о детях. И кроме того, всю жизнь будешь терзаться виной — ведь это тебе пришла в голову эта безумная идея. А меня будешь вспоминать как спутницу жизни, которая была рядом с мужем в горе и радости, в тихой обыденности и в рискованных эскападах.

— Мы готовы, мадам.

Это ты — инструктор? Не слишком ли молод? Я бы предпочла прыгать с руководителем группы, как-никак это — мой первый раз.

— Я прыгаю с шестнадцати лет: лица моложе не допускаются. Прыгаю уже пять лет и не только здесь, но в разных концах света. Так что не беспокойтесь, мадам.

Его снисходительный тон раздражает меня. Старших — и их простительные страхи — надо уважать. И вообще не следует говорить об этом во всеуслышание!

— Не забывайте инструкции. И когда начнем скользить, не останавливайтесь. А мне предоставьте все остальное.

Инструкции! Можно подумать, мы с этим делом накоротке, а меж тем у них терпения хватило лишь на то, чтобы объяснить нам: риск заключается как раз в желании остановиться на середине. Еще внушали, что, приземлившись, следует продолжать движение, пока не почувствуем, что нащупали почву под ногами.

О, так ведь это же моя мечта — ощущать почву под ногами! Подхожу к мужу и прошу его прыгать последним — так он успеет увидеть, что произойдет со мной.

— Фотоаппарат возьмете? — спрашивает инструктор.

Камера может быть закреплена на конце алюминиевого штырька сантиметров шестьдесят длиной.

Нет, не хочу. Не хочу прежде всего потому, что прыгаю не ради удовольствия позже показать себя другим. А кроме того, если удастся преодолеть панику, я буду не любоваться пейзажем, а тем, как бы его получше снять. Я усвоила этот урок, еще когда в отрочестве с отцом ходила на Маттерхорн и останавливалась ежеминутно, чтобы сделать снимок. Наконец отец вспылил: «Неужели ты думаешь, что вся эта величавая красота уместится в квадратик пленки?! Постарайся запечатлеть это в сердце! Это важнее, чем пытаться демонстрировать окружающим свои впечатления».

Мой спутник с высот своей мудрости, обретенной к двадцати одному году, начинает закреплять на мне стропы и ремни с большими алюминиевыми пряжками. Креслице-сиденье приторачивается к параплану: я впереди, инструктор — за мной. Есть еще время отказаться, но я уже не я. Ни на что больше не реагирую.

Усаживаемся, готовимся, а юный ветеран и главный инструктор обсуждают направление и силу ветра.

Вот он устраивается у меня за спиной, и на затылке я ощущаю его дыхание. Оглядываюсь и мне не нравится то, что я вижу: на белом снегу разостлана цепочка разноцветных тканей, а к ним привязаны люди. В конце шеренги — мой муж: как и все, он в мотоциклетном шлеме. Понимаю, что выбора у него нет и он будет прыгать минуты через две-три после меня.

— Мы готовы. Разбегайтесь.

Я не двигаюсь.

— Давайте! Начинайте разбег.

Объясняю, что не хочу кувыркаться в воздухе. Предлагаю спуститься тихо и плавно. Пять минут полета — это более чем достаточно для меня.

— Вы мне все это скажете в воздухе. Ради бога... тут ведь очередь. Мы должны прыгнуть.

Я лишена собственной воли и подчиняюсь приказам. Бегу по направлению к пропасти.

— Быстрей!

Прибавляю ходу. Термобашмаки разбрасывают снег во все стороны. На самом деле это не я бегу, а робот, автомат, выполняющий голосовые команды. Начинаю кричать — не от страха или восторга, а инстинктивно. Я, как сказал бы кубинец, вновь стала пещерным человеком. Мы боимся пауков, насекомых, а в таких ситуациях — кричим. Всегда и неизменно.

Внезапно мои ноги отрываются от земли, я изо всех сил вцепляюсь в ремни, которыми пристегнута к сиденью, и перестаю кричать. Инструктор еще несколько секунд продолжает бежать — и вот мы уже не на прямой линии.

И жизнями нашими распоряжается теперь ветер.

* * *

В первую минуту я не открываю глаза — и потому не чувствую высоты, не вижу гор и не испытываю страха. Пытаюсь представить, что нахожусь у себя дома, на кухне, и рассказываю сыновьям о том, как мы съездили в отпуск: может быть, о городе, где мы побывали, может быть, о гостинице, где жили. О том, что их отец напился до того, что на обратном пути в отель упал, я рассказать не могу. Как и о том, что рискнула полетать, — они непременно захотят попробовать. Или еще того хуже — просто выпрыгнут из окна нашего дома.

Тут я наконец осознаю собственную глупость — чего же я лечу зажмурившись? Никто ведь не заставлял меня прыгать. «На моей памяти не было ни единого происшествия», сказал портье.

И я открываю глаза.

Но описать, что я вижу и ощущаю, мне не под силу. Внизу расстилается долина, соединяющая два озера, а посреди долины стоит город. Я лечу, я свободно парю в воздухе, по воле ветра описывая круги. Окружающие нас горы уже не кажутся такими высокими и грозными: они стали дружелюбны, и солнечные лучи, отражаясь от покрывающего их снега, бьют во все стороны.

Выпустив ремни, я раскидываю руки, как птица — крылья. Инструктор позади понял, наверно, что я теперь — другая, и начинает не снижаться, а подниматься, пользуясь невидимыми потоками теплого воздуха, обнаружившимися в атмосфере, которая только что казалась совершенно однородной.

Перед нами оказывается орел — взмахивая крыльями, он плывет в этом же океане, без малейшего усилия определяя свой таинственный полет. Куда он стремится? Или просто наслаждается жизнью и окружающей его красотой?

Мне кажется, между нами установилась телепатическая связь. Инструктор следует за ним, орел указывает нам путь. Показывает, где именно мы должны оказаться, чтобы взмывать все выше и круче к небу. Нечто подобное этому я испытывала тогда, в Ньоне, когда бежала, пока окончательно не выбилась из сил.

А орел говорит мне: «Иди сюда. Ты и есть небо и земля, ветер и облака, снег и гладь озер».

Мне кажется, я нахожусь в утробе матери — так надежно я защищена, так спокойно мне, и все для меня впервые. Скоро я появлюсь на свет, произойдет мое перевоплощение в человека, обеими ногами ступающего по лицу Земли. Но пока я всего лишь пребываю в этом лоне и, не противясь, даю унести себя куда угодно.

Я свободна.

Да, я свободна. И орел прав — я и есть все эти горы и долы. У меня нет ни прошлого, ни настоящего, ни будущего. Я познаю то, что люди определяют словом «вечность».

На долю секунды появляется мысль — неужели у всех, кто прыгает, возникают такие ощущения? Да разве это важно?! Не хочу думать о других. Я плыву в вечности. Природа говорит со мной как с возлюбленной дочерью. Гора говорит мне: ты обрела мою мощь. Озера говорят: у тебя — наше безмятежное спокойствие. Солнце советует: сверкай, как я, позволь себе выйти за свои пределы. Слушай.

И тогда я начинаю слышать голоса, которые так долго были заглушены и задушены навязчиво повторяющимися мыслями, одиночеством, ночными кошмарами, страхом перемен и страхом все оставить как есть. И чем выше мы поднимаемся, тем дальше я от самой себя — прежней.

Я теперь — в другом мире, где все так ладно пригнано одно к другому. Где-то далеко осталась прежняя жизнь, заполненная неотложными делами и обязанностями, неосуществимыми желаниями, страданием и удовольствием. Я ничем не владею, я сама стала всем.

Орел направляется к долине. Раскинув руки, повторяю движения его крыльев. И если бы кто-нибудь увидел меня сейчас, то не понял бы, кто я, ибо я свет, пространство, время. Я — в другом мире.

А орел говорит мне: это вечность.

А в вечности мы перестаем существовать сами по себе и становимся лишь орудием в той Руке, что сотворила горы, снег, озера, солнце. Я возвращаюсь в ту точку, в тот миг, когда создается мироздание. И хочу служить этой Руке.

Появляются и исчезают мысли, но то, что я чувствую, не меняется. Мой дух покинул телесную оболочку и смешался с природой. Как жаль, что и орел, и я приземлимся в парке перед отелем. Впрочем, разве важно, что там будет дальше? Пока я здесь, в материнском лоне, сотворенном из ничего и из всего.

Мое сердце заполняет каждый уголок мироздания. Пытаюсь облечь все это в слова, чтобы объяснить себе самой, чтобы запомнить, что я чувствую сейчас, но мысли сейчас же улетучиваются, и снова все заполняется пустотой.

Сердце!

Раньше я видела вокруг себя необозримую вселенную, а сейчас она кажется мне крохотной точкой внутри моего сердца, расширившегося бесконечно до пределов космоса. Орудие. Благодать. Разум тщится сохранить власть и объяснить по крайней мере хоть малую толику того, что чувствую, но с этой силой ему не совладать.

Сила. Ощущение вечности наполняет меня таинственной, безмерной мощью. Я всемогуща. Я могу даже покончить со страданием, неотделимым от этого мира. В полете я разговариваю с ангелами, я слышу голоса и откровения, которые скоро будут позабыты, но пока еще реальны и вещественны, как этот орел передо мной. Я никогда не сумею даже самой себе объяснить, что сейчас чувствую, но это не имеет значения. Объяснения принадлежат будущему, а я пока еще пребываю в настоящем.

Вот снова исчезло умение размышлять — и я счастлива от этого. Я благоговею перед своим исполинским сердцем, исполненным света и мощи, способным принять в себя все, что уже случилось, и все, что еще случится отныне и до конца времен.

Вдруг возникает звук — я слышу собачий лай. Это значит, что мы приближаемся к земле и возвращаемся к действительности. Уже очень скоро я буду ощущать под ногами почву моей планеты, но совсем недавно я въяве увидела все планеты, все солнца Вселенной — и вместила их в сердце: оно больше всего на свете.

Мне бы хотелось пребывать в таком состоянии всегда, но способность мыслить возвращается. Справа я вижу наш отель. Озера уже скрылись из виду за рощами и пригорками.

Господи, неужели нельзя остаться такой навсегда?

Нельзя, отвечает мне орел, который проводил нас до парка, куда мы через несколько секунд приземлимся, а теперь, подхваченный восходящим потоком теплого воздуха — без усилия, без единого движения крыльев, — вновь взмывает ввысь. Останешься такой — не сможешь жить на этом свете.

Ну и что? (Разговаривая с орлом, я замечаю, что делаю это рассудительно, стараюсь привести разумные доводы.) Как смогу я жить в этом мире после того, что пережила в Вечности?

Постарайся, — доносится до меня уже еле слышный ответ орла. И вот он уже навсегда исчез из моей жизни.

Инструктор шепчет мне что-то — напоминает, что, когда ноги коснутся земли, я должна пробежать несколько шагов.

Прямо перед собой вижу газон. И то, о чем я так страстно мечтала еще совсем недавно — оказаться на твердой земле, — сейчас знаменует конец чего-то.

Чего же?

Вот ноги коснулись земли. Делаю еще несколько шагов. Инструктор отстегивает ремни. Смотрит на меня. А я смотрю на небо. И вижу в нем только другие разноцветные парапланы — плавно снижаясь, они приближаются ко мне.

Вдруг осознаю, что плачу.

— Что с вами?

Понимаю, что даже если повторю прыжок, никогда не смогу вернуть прежние ощущения.

— Все нормально?

Киваю. Не знаю, способен ли инструктор понять, что я пережила минуту назад.

Оказывается, способен. Говорит, что примерно раз в год у кого-нибудь из тех, с кем он летит, происходит такая же вот реакция.

— И когда спрашиваю, что случилось, они не могут объяснить. Да и с моими коллегами случается то же самое: они — словно в шоке и приходят в себя только уже на земле.

Ничего общего. Со мной — все наоборот. Но мне не хочется ничего растолковывать ему.

Благодарю его за то, что успокаивал перед полетом. Меня тянет сказать — я не хочу, чтобы испытанное мной там, в небе, кончалось. Но тут спохватываюсь: все уже кончилось, так что я не обязана ничего никому объяснять. Отхожу и, присев на скамейку в парке, жду, когда приземлится муж.

И не могу унять слез. Вот он уже на земле, с широкой улыбкой приближается ко мне, говорит, что ощущения были фантастические. А я продолжаю плакать. Муж обнимает меня, повторяет, что все уже позади, а он, конечно, виноват, заставив меня делать такое, к чему у меня не лежала душа.

Нет-нет, не в том дело, перебиваю я. Не трогай меня пока, пожалуйста. Сейчас я приду в себя.

Кто-то из персонала забирает термокостюмы и ботинки, отдает нам наши пальто. Я все делаю машинально, но с каждым движением все ближе к иному миру, к тому, который называется «реальным» и в который я ни за что не желаю возвращаться.

Но выбора у меня нет. И могу я только попросить, чтобы муж ненадолго оставил меня в покое.

Он спрашивает, не зайти ли нам в отель — здесь становится холодно. Нет, я не замерзла.

И еще полчаса провожу в парке. И плачу. Благословенные слезы омывают мне душу. И наконец понимаю, что пора возвращаться в реальный мир.

Поднимаюсь, иду в отель. Потом мы садимся в машину и едем в Женеву. Играет радио, избавляя нас от необходимости разговаривать. Вскоре у меня начинается дикая мигрень, и я знаю, отчего: это кровь снова притекает в те участки мозги, которые были заблокированы недавними событиями. Процесс этого высвобождения сопровождается головной болью, но ведь так было всегда.

Муж не должен объяснять, что говорил вчера. Я не должна объяснять, что чувствую сегодня.

Мир совершенен.

Всего лишь час остается до конца года. Муниципалитет, значительно урезая бюджет новогоднего праздника, решил сократить расходы на уличную иллюминацию. Ну и ладно: я всю жизнь смотрю на эти огни, и они уже давно не пробуждают во мне прежней детской радости.

Не могу сказать, что буду скучать по этим триста шестидесяти пяти дням. Налетали шквалы, гремели громы, море едва не поглотило мой корабль, но все же я сумела пересечь океан и пристать к твердой земле.

К твердой земле? Нет, в супружеском союзе нельзя мечтать о ней. Чувство, возникшее между двоими, убивается именно отсутствием риска и вызова, ощущением, что ничего нового уже не будет.

Обязательно нужно по-прежнему удивлять друг друга.

Все начинается с пышного празднества. Собираются гости, ведущий церемонии в сотый раз произносит речи о том, что дом следует строить не на песке, а на прочном камне, друзья осыпают новобрачных рисом. Невесты бросают букеты — барышни втайне завидуют нам, замужние женщины знают, что сделан первый шаг по дороге, совсем непохожей на ту, о которой рассказывается в сказках.

А потом постепенно, исподволь начинает вступать в свои права действительность. Но мы ее не принимаем. Мы хотим, чтобы наш избранник всегда оставался в точности тем же человеком, с которым мы стояли у алтаря и обменялись кольцами. Как будто время можно остановить.

Нельзя. И не надо. Ни опыт, ни появившаяся с годами мудрость не меняют человека. И время — тоже. Нас преобразует только любовь. И я, покуда парила в воздухе, поняла, что моя любовь к жизни, ко Вселенной — сильнее всего на свете.

Я вспоминаю проповедь, которую в XIX веке написал юный безвестный священник, разбирая Послание апостола Павла к Коринфянам и те разные лики любви, обнаруживающиеся у нее по мере ее развития. Он сказал нам, что многие из духовных текстов обращены лишь к какой-то одной стороне человека.

Они предлагают Мир, но не говорят о Жизни.

Обсуждают Веру, но забывают Любовь.

Рассказывают о Справедливости, но не упоминают Откровение, подобное тому, какое было явлено мне, когда я прыгнула в пропасть в Интерлакене, и какое вывело меня из черной ямы, собственными руками вырытой в моей душе.

И заставило со всей непреложностью навсегда понять, что только Истинная Любовь может соперничать с любой другой любовью, сколько ни есть их в нашем мире. Когда вверяемся без остатка, целиком, нам нечего терять. И тогда исчезают страх, ревность, скука повседневности и обыденности — и остается лишь свет, идущий из пустоты, свет, который не пугает нас, но лишь сильнее сближает. Свет этот постоянно меняется, и оттого он особенно прекрасен и полон неожиданностей — не всегда желанных нам, но неизменно — тех, с какими мы сумеем совладать и ужиться.

Безмерная полнота любви — это и есть полноценность жизни.

Любить всегда — значит жить вечно. Жизнь Вечная сопряжена с Любовью неразрывно.

Почему мы хотим жить вечно? Потому что хотим еще хоть на день продлить наш союз с тем, кто рядом. Потому что хотим продолжить совместное бытие с тем, кто заслуживает нашей любви, кто умеет любить нас так, как мы этого, по нашему мнению, заслуживаем.

Потому что жить — значит любить.

Даже любовь к животным — к собаке, например — способна оправдать жизнь человека. Ибо если рвутся узы любви, связывающие его с жизнью, исчезает и какое бы то ни было основание длить эту самую жизнь.

Будем же прежде всего искать Любовь, а все прочее — приложится.

За десять лет моего замужества я испробовала все виды удовольствия, которые доступны женщине, и испытала страдания, которые не заслуживала. И все равно, оглядываясь на свою жизнь, вижу, что было лишь несколько эпизодов — очень кратких, как правило — когда я смогла создать бледное подобие Истинной Любви (как я сейчас ее понимаю): рождение сыновей, Альпы, или исполинская струя посреди озера Леман, на которые мы с мужем смотрели, взявшись за руки. Но именно эти скудные миги оправдывают мое существование, потому что дают силы идти вперед и вносят радость в мои дни — как бы ни пыталась я омрачить их.

Подхожу к окну, гляжу на город. Вопреки прогнозу снег так и не выпал. И все равно, даже без снега это — один из самых романтичных новогодних праздников в моей жизни, потому что я умирала, а Любовь меня воскресила. Любовь — единственное, что останется, когда иссякнет и сам род человеческий.

Любовь. Слезы радости наворачиваются мне на глаза. Никто не в силах заставить любить — ни себя заставить, ни другого человека. Можно лишь смотреть на Любовь, воспламеняться ею и ей подражать.

И нет никакого иного способа достичь любви, и ничего таинственного в этом тоже нет. Мы любим ближних, любим самих себя, любим врагов наших —

и благодаря этому наша жизнь всегда будет полна. Я могу включить телевизор и видеть, что происходит в мире, потому что если в каждой из человеческих трагедий есть хоть частица любви — мы движемся к спасению. Ибо Любовь порождает Любовь.

И тот, кто умеет любить, любит Истину, радуется Истине, не страшится Истины, потому что рано или поздно она возобладает над всем остальным. Он ищет Истину с чистой, смиренной душой, свободной от предрассудков и нетерпимости, — и в конце концов непременно будет доволен найденным.

Быть может, слово «искренность» не вполне годится, чтобы определить Любовь, но никакого другого сейчас подыскать не могу. Я говорю не о той искренности, которая способна унизить ближнего; Истинная Любовь — не в том, чтобы выставлять напоказ свою слабость, но в том, чтобы не бояться высказывать ее, когда нужна помощь, и радоваться, увидев, что дела обстоят не столь плачевно, как говорили об этом другие.

Я с нежностью думаю о Якобе и Марианне. Сами того не зная, они вернули меня моему мужу и моей семье. Надеюсь, что сегодня, в последний вечер года, им будет хорошо вдвоем. Дай бог, чтобы все случившееся сблизило их.

Пытаюсь ли я оправдать свой адюльтер? Нет. Я искала Истину, и я ее нашла. Хочу верить, что для всех, переживших то же, что и я, итог будет таким же.

И они научатся любить сильнее.

Это должно быть целью всех, кто пришел в наш мир, — научиться любить.

Жизнь предоставляет нам тысячи возможностей для этого. У каждого мужчины и каждой женщины ежедневно появляется случай вверить себя Любви. Жизнь — это не вечный праздник, но постоянное учение.

И важнее всего прочего научиться любить.

Любить все сильнее и сильнее. Ибо исчезнут языки, страны и государства, незыблемая Швейцарская Конфедерация, Женева и улица, на которой я живу, фонарные столбы, дом, где я сейчас нахожусь, мебель... и тело мое.

И лишь одно навсегда пребудет в душе мироздания — моя любовь. Несмотря на ошибки, невзирая на поступки, заставлявшие других страдать, вопреки тем минутам, когда мне самой казалось, что любви не существует.

Отхожу от окна, зову мужа и сыновей. Говорю, что — как велит обычай — надо забраться на диван перед камином и в полночь ступить на пол правой ногой.

— Смотри, любовь моя, — снег пошел!

Снова подбегаю к окну, смотрю — и в свете одного из фонарей вижу кружащиеся хлопья. Да, снег идет! Как я могла не заметить раньше?

— Можно нам на улицу? — спрашивает сын.

Нет еще. Сначала надо сесть на диван, съесть по двенадцать виноградин, а косточки — спрятать для того, чтобы год принес удачу, счастье и процветание: надо сделать все, что завещали нам предки.

А потом уже отправимся праздновать. Уверена, что новый год будет великолепным.

Женева, 30 ноября 2013 года

Литературно-художественное издание

18+

Пауло Коэльо

АДЮЛЬТЕР

Роман

Редакционно-издательская группа «Жанры»

Зав. группой *М. Сергеева*
Руководитель направления *И. Архарова*
Ответственный редактор *Д. Румянцев*
Технический редактор *М. Курочкина*
Корректор *Л. Агафонова*
Компьютерная верстка *Р. Рыдалина*

Общероссийский классификатор продукции
ОК-005-93, том 2; 953000 — книги, брошюры

Подписано в печать 01.08.2014 г. Формат 84x108 $^{1}/_{32}$.
Усл. печ. л. 18,48. Тираж 50 000 экз. Заказ № 1298.

ООО «Издательство АСТ»
129085, г. Москва, Звездный бульвар,
д. 21, строение 3, комната 5

Вся информация о книгах и авторах
на сайте: www.ast.ru

Отпечатано с электронных носителей издательства.
ОАО "Тверской полиграфический комбинат". 170024, г. Тверь, пр-т Ленина, 5.
Телефон: (4822) 44-52-03, 44-50-34, Телефон/факс: (4822)44-42-15
Home page - www.tverpk.ru Электронная почта (E-mail) - sales@tverpk.ru